新拉丁美洲文学丛书·当代

清 洁
Limpia

Alia Trabucco Zerán

[智利] 阿莉雅·特拉武科·泽兰　　著

牟馨玉　　译

作家出版社

新拉丁美洲文学丛书

编委会名单

（按姓氏笔画为序）

于　漫　　杨　玲　　张伟劼　　张　珂　　张　蕊

陈　皓　　范　晔　　郑　楠　　赵　超　　侯　健

程弋洋　　路燕萍　　樊　星　　魏　然

新拉丁美洲文学丛书

出版说明

　　20世纪80年代末，云南人民出版社与中国西班牙葡萄牙拉丁美洲文学研究会合作翻译出版"拉丁美洲文学丛书"（简称"丛书"），十几年间出版50余种，为拉美文学在华传播做出了不可磨灭的贡献。数十年过去，时移世易，但当年丛书出版说明的开篇句"拉丁美洲是一个举世公认的充满创造活力的大陆"，并未过时，反而不断被印证。博尔赫斯、加西亚·马尔克斯和其他"文学爆炸"代表作家的作品陆续被译为中文，"魔幻现实主义"对寻根文学及先锋小说的影响仍是相关研究者所乐道的话题。拉美文学的译介和接受不仅成为新时期中国文学研究中不可忽视的部分，时至今日仍为新一代的中国读者提供"去西方中心"的文学视野与镜鉴。

　　作家出版社与中国外国文学学会西班牙葡萄牙语文学研究分会合作，决定从2024年起翻译出版"新拉丁美洲文学丛书"（简称"新丛书"），感念前贤筚路蓝缕之功，继续秉持"全部从西班牙及葡萄牙文原文译出"的原则，以促进世界文化交流、繁荣中国文学建设为指归。新丛书旨在：（一）让当年丛书中多年未再版而确有再版价值的书目重现坊间；（二）译介丛书中已收录的作家成名作之外的其他代表性作品，展现经典作家更整全的面貌；（三）译介拉丁美洲西葡语文学在中文世界的遗珠之作。新丛书主要收录经典作家作品，此外另设子系列"新拉丁美洲文学丛书·当代"，顾名思义，收录具代表性、富影响力的当代拉美作家作品。

关键在于

是谁清除掉谁。

《堕落》，阿尔贝·加缪

我的名字是埃斯特拉，你们在听吗？我说：埃斯特拉·加西亚。

我不知道你们是不是在录音或做记录，还是说根本没有人，但如果你们听得到我说话，如果有人在的话，我想和你们谈个条件：我给你讲一个故事，等我讲完这个故事，无话可说了之后，让我离开这里。

喂，有人吗？

那我就当你们接受了。

这个故事有很多开头。我敢说，这个故事就是由各种开头组成的。但你们说到底什么是开头？打个比方，你们给我解释一下，黑夜是在白天之前还是之后？我们是睡觉后醒来，还是因为醒来了才睡觉？或者不这么拐弯抹角，以免你们不耐烦，你们说一棵树从哪里开始：是从种子开始，还是从包裹着种子的果实开始？抑或是从开花结果的那根树枝开始？还是说，就是从那朵花开始？你们在听吗？事情并不像看起来那么简单。

和开头一样，原因也让人疑惑不解。我口渴的原因，我饥饿的原因。我被关在这里的原因。一个因推动另一个因，一张牌倒在下一张牌之上。唯一确定的是结局：到头来，什么都没留下。这个故事的结局如下，你们真的想知道吗？

小姑娘死了。

喂？没有一点反应吗？

我还是再说一遍吧，万一刚才有苍蝇在嗡嗡飞，或者别的声音干扰了你们：

小姑娘死了，现在听见了吗？小姑娘死了，无论我从哪里讲起，她最终都是死。

但死亡也没那么简单，这一点，我们肯定能达成共识。死亡，就像影子的长和宽。它因人而异，因动物而异，因树而异。地球上没有两个相同的影子，也没有两种相同的死亡。一只羔羊、一只蜘蛛、一只红领带鸦，各有各的死法。

举个例子吧，比如兔子。别急，这很重要。你们有没有双手捧过一只兔子？就好像拿着一个炸弹，一个柔软的定时炸弹。嘀嗒，嘀嗒，嘀嗒。兔子是唯一一种常死于恐惧的动物。只要嗅到狐狸的气味，或以为远处有蛇，它的心脏就会剧烈跳动，瞳孔放大。肾上腺素会冲击它的心脏，它会在獠牙刺入脖子之前就已经死去。它是被恐惧杀死的，明白吗？是预感将它杀死。在几分之一秒的时间里，兔子预感到死亡的降临，它瞥见了如何死、何时死。而就是这种确定性，这种对自己命运的确定性，给兔子判了死刑。

猫、麻雀、蜜蜂或蜥蜴就不一样。那植物呢？一棵柳树、一株绣球、一棵乌尔木、一棵林仙树。再比如，一棵无花果树，这是一种坚韧的植物，灰色的树干像混凝土一样坚固，只有足够强大的力量才能将它杀死。要么冬去春来，年复一年，等到一种致死性的真菌穿透它的树枝，几十天后，树根终于腐烂。要么，用锯子拦腰锯断，直接变成一袋柴火。

每个物种，这个星球上的每个生命都是如此，必须找到合理的死因，一个能够使生命夭折的原因，一个充分的理由。你们知道，在有些躯体中吸附着一种强大的生命力量，它旺盛、顽强，很难挣脱。要想去除，需要合适的工具：用肥皂清理污渍，用镊子拔掉尖刺。你们听得到吗？在听吗？鱼不可能淹死在海底。一个鱼钩对鲸鱼来说，不痛不痒，但它被困住再也无法前行，死亡只有一次。

放心吧，我没有跑题，这些东西和我要讲的故事皆有联系。并且在此之前，有必要聊一聊相关的话题，好让你们了解我是如何到这里来的，是什么原因导致我被关在这里，你们也好一点一点了解小姑娘的死因。

　　我杀过生，这是事实。我保证我不会撒谎。我杀过苍蝇、飞蛾、鸡、虫子、蕨草、玫瑰花。很久以前，我出于怜悯，杀死了一只受伤的小家伙。我为它感到遗憾，但还是杀了它，因为它快死了，会缓慢而痛苦地死去，所以我提前结束了一切。

　　但这些死亡与你们无关，也不是你们想听的。别担心，我会说重点，说出你们渴望已久的小姑娘的死因：一把药丸、一次坠机、一条脖子上的绳索……有些人，无论发生什么，总能幸存下来。对于个别人来说，死亡并不那么容易。男的需要一辆卡车的撞击，一颗射进胸腔的子弹。女的要从六楼摔下来，因为五楼还不够高。但对其他人来说，一场肺炎、一股冷空气、一个卡在喉咙里的果核就足以要了命。还有极个别人和小姑娘一样，一个念头就够了。那是一个在脆弱中诞生的念头，危险又极端。我会讲的，还会告诉你们它产生的时间。现在，你们先停下手头的事情，注意听我说。

招聘广告是这么写的：

招聘家政人员，形象气质佳，全职。

上面只写了一个电话号码，后来换成了一个地址，我穿着一件白色衬衫，还有这条黑裙子，朝着地址走去。

他们二人一起在门口接待了我，先生和夫人、男主人和女主人、老板、亲人，后面你们就知道他们的称呼了。女的是孕妇。她打开门，在与我握手之前，先把我从上到下打量了一番：头发、衣服、当时还很洁白的鞋子。她看得很仔细，仿佛能读出什么重要信息。男的甚至都没看我一眼，他在手机上打字，头也不抬地用手指向厨房那边的门。

我记不清他们都问了哪些问题，但还记得一件有意思的事。男的应该是才刮完胡子，右边的鬓角下，有一抹泡沫闪着光。

喂？怎么了？保姆就不能用"抹"这个词吗？

我想我听到了一阵笑声，就在墙的另一边，是那种不太友好的笑声。

我刚才想说，那块污渍让我愣了一下，它看起来就像一小块肉皮被撕掉了，下面没有血，没有肉，而是一块白色的、人造的东西。夫人察觉到我有些不对劲，等她终于发现那一点泡沫时，便用拇指沾了些口水把它擦掉了。

你们可能会问：这件事有什么意义？答案是没有意义。我只是清楚地记得先生的态度，他支开了妻子的手，很显然，他反感妻子在陌生人面前与他亲密。几天后，大概两三天的样子，我在给他们铺床的时候，他突然从浴室出来。我以为他已经去上班了，结果他就在那里，一丝不挂地出现在我面前。他看到我时，一点惊愕的表情都没有。他淡定地伸手拿他的内裤，回到浴室，关上了门。你们给我解释一下，从第一天到后来几天，这中间究竟发生了什么？

他们需要尽快找个人。先生说：

"最好星期一能到。"

夫人说：

"最好今天就能来。"

冰箱上挂着一张纸，上面写着我的每一项工作任务。

似乎这样就不用问清楚保姆识不识字，会不会写采购单，会不会在电话簿上写来电留言。我走过去，看了看清单，把纸取下来，放进口袋。一个干净利落，有足够教养的保姆。

"我可以从周一开始工作。"我说。

他们立即同意了，都没有问我要推荐信。后来我明白了，在那栋房子里，一切都在与时间赛跑，虽然我一直不理解他们为什么那么忙。小时候要是上学快迟到了，我便从菜地里抄近道，母亲见了就说："匆匆忙忙的人是在浪费时间。"她时常提醒我，我们不可能打败时间，比赛的结局从我们出生的那一刻起就注定了。瞧我，说到旁枝末节去了。我是想说，他们过二人世界的日子不多了，还有几天他们的第一个孩子就要出生了。

我知道你们要问我什么，答案是没有，我没有带孩子的经验，没有，我也没有对他们撒谎。母亲曾在电话里跟我讲："不要对他们撒谎，孩子，刚开始千万不要撒谎。"所以我很清楚地表明：

"我没有孩子，也没有侄子、侄女，我从来没有换过尿布。"

但他们早就做好了决定。夫人喜欢我的白衬衫，喜欢我整齐的长辫子，喜欢我干净整齐的牙齿，还喜欢我从未敢盯着她看。

一番询问之后，他们带我了解整个房子：

这是清洁用的，埃斯特拉。

橡胶手套、拖把。

这里是急救箱。

海绵、漂白剂、洗衣粉、床单。

这里有熨衣板、脏衣篮。

肥皂、洗衣机、针线盒、各种工具。

不要让任何东西烂掉，埃斯特拉。

不要让任何东西过期。

每周一进行一次深度清洁。

每天下午给花园浇水。

不要让外人进入花园，什么理由都不行。

剩下的事情我记不清了。但有一件至今还记得很清楚，那是一种感觉。当我穿过走廊、卫生间，探出脑袋浏览所有房间时，当我看到客厅、餐厅、大露台和游泳池时，我非常清楚地感觉到：这是一个真正的家，墙上钉着钉子，钉子上挂着画。而这个想法，也不知道为什么，让我这里很痛，就是两个眼睛中间，就好像这里燃烧起一团火焰。

他们没有带我看后面那间屋子，我说的是面试那天。他们把那间屋子称为"你的房间"，我管它叫后面那间屋。我是在接下来的周一，也就是上班的第一天才见到它的。夫人跟我打了声招呼，她当时脸色苍白，脸上全是汗。

"你随意。"她说着，便回房间休息了。

我自己走进厨房，我之前竟然没有注意到那扇奇怪的门，它与墙上的瓷砖看起来一样，好像密室。我走过去把门滑开。你们也知道它是滑动门吗？这样既节约空间，又避免撞到里面的床。它不是那种普通的门，我把它滑向左边，走了进去，第一次。

你们记一下里面的物件，或许有用：一张单人床、一个小床头柜、一盏小灯、一个抽屉柜、一台旧电视。抽屉柜里面有六条围裙：星期一、星期二、星期三、星期四、星期五、星期六。星期天休息。没有挂画，没有装饰品，甚至没有窗户。有一个卫生间，带淋浴和一个老旧的洗漱台，墙上发黄的霉斑，就像一张张哈哈大笑的嘴。

我关上身后的门，站在那里，嘴唇突然很干，双腿无力，我坐了下来，坐在床边。接着，我产生了一种感觉……怎么讲呢？就是我感觉我还没有进去那个房间，我在外面，从外面看着屋里的女人，那个将会是"我"的女人：手指交叉放在裙子上，眼睛干涩，口苦咽干，呼吸急促。这时我发现房间门是用不透明的那种一棱一棱的玻璃做的。如果先生在，他此刻必定说出了他最喜欢的一个词：磨——砂。一扇磨砂玻璃门连接着卧室和厨房，它也是房间唯一的窗户，唯一的出口。这就是我住了七年的地方，尽管我从来没有，一次也没有，称它为"我的房间"。你们记下这句话，来吧，别不好意思："断然拒绝把房间称为她自己的房间"。然后在空白处加上："否认""怨恨""可能的犯罪动机"。

过了一会儿，我听到有人走进厨房，然后站在外面等我……或者说是在里面等我。我不知道，有可能是房间在外面，厨房在里面。有些事情令人困惑，至少对我来说是这样：里面，外面；现在，过去；之前，之后；活着，死了……夫人清了清嗓子，我咽了下口水，说：

"来了。"

又或许没有人清嗓子，我也没有说话。那个女人，那个在未来七年里我将成为的女人，她脱下衣服，把围裙从头上穿过。脖子那里太紧了，我想解开第一个纽扣，却发现没有扣眼。一个装饰性的纽扣镶嵌在保姆的喉咙处，而剩下五条也有同样的假扣子。

很奇怪，那天我只记得这一个细节，其余的一概不知。我不知道有没有做饭，有没有洗碗，有没有给花园浇水，有没有熨衣服。之后连续几周，我只记得一件事情，就是我们彼此觉得折磨。我进客厅，夫人就悄悄去餐厅。我进餐厅，她就跑去卫生间。我想打扫卫生间，她就把自己锁在书房里。她不知道该做什么，该去哪里。她大着肚子，行动不便，但与其和一个陌生人待在一起无话可说，还不如躲开了好。我就是那个陌生人。我不记得从什么时候开始我不再是陌生人。不知什么时候，她让我手洗她的内裤，她开始跟我说话，"小埃，孩子吐了，麻烦你给地上撒点漂白剂"。但我的生日是什么时候，问问她，看她知道不？

第一周，他们甚至不知道该怎么称呼我，经常把我和另一个女人的名字搞混。在我之前，是另一个人每周二和周五擦洗垃圾桶和倒垃圾，给他们做俄罗斯沙拉，看着他们躺在床上。他们从未在我面前提过那个女的，但我很清楚，就是因为他们搞不清我的名字。

他们叫我，玛……埃斯特拉。

到现在我还在猜想她的名字：玛丽亚、玛丽塞拉、玛丽拉、莫妮卡。我很确定第一个音，直到几个月之后它才渐渐消失。

我呢，一直叫她"夫人"。夫人不在家。夫人要吃点什么吗？夫人几点回来？不过，她叫玛拉，玛拉·洛佩斯女士。当然了，她和别人见面时，她看人的表情就像看到了一块污渍，发现了别人的过错。别人问她："玛拉夫人，请坐。您喝水还是茶？加蔗糖还是代糖？"这时，他们肯定和我一样，心里琢磨着这世上竟有这种名字？就像胡利娅改成了胡娅，贝罗妮卡改成了贝罗卡，中间总是少点什么，似乎一生都伴随着缺憾。

她身上有种东西。就像……让我想想。一种疏离感。或者不是。这不是最好的词。清高，对，就是这个词。仿佛任何人都让她觉得乏味，她不喜别人与她亲近。至少表面上她是这样的。一个又一个早晨，她仔细戴上这张面具。而面具之下是：丈夫下班回家晚了，或者女儿把嚼过的食物吐回到盘子里，她就会火冒三丈，然后左边那只眼皮不停地跳动，就好像脸上有个小东西想要逃走，不回来了。

不过，我扯远了，确实是，估计是习惯吧。夫人的脸没啥可说的，我应该给你们讲一讲他。

关于他，你们猜到了，我习惯叫他"先生"，但有的时候我称他为"你爸爸"。你爸爸在哪里？你爸爸来了吗？他叫胡安。胡安·克里斯托瓦尔·詹森先生。有点粗糙的男人，发际线早秃，眼睛是天蓝色的，就像热水器里的火焰。每天早上出门之前，他总是喃喃自语地说一句："又是一天的工作。"也许只是预言，也许是真的仇恨，我说的是工作，淡定，他讨厌同事、护士，以及他的每一个患者。你们应该见过他一身平整的衬衫，还有锃亮的皮鞋，等着别人对他感恩戴德。他也穿白大褂，好让别人称他为"医生"。他喜欢这样，被称为"詹森医生"。但你们记下这句话：医生也没什么了不起。当你唯一的女儿死了，当你无法拯救她的时候，医生又怎么样？

我很少和他说话。我只要按时做饭，把他的衬衫洗干净，熨平整就行了。我不知道还能说什么，或许你们可以帮我一下。你们如何定义这样一个人：既不抽烟，也几乎不沾酒，讲话之前总要斟酌一下，以免说话不当，浪费了他的时间。这是一个痴迷于时间的人：

我们一小时后吃饭，埃斯特拉。

用十五分钟把食物加热。

我晚十分钟去诊所。

我有两分钟时间吃早餐。

我一分钟就到，把门打开。

我数到三。

二。

一。

永远的倒计时。

小姑娘是3月15日生的，就在我到他们家的一周之后。那声痛苦的尖叫吓我一跳，只听到说："呼吸。"

　　当时是早上5点，我正在睡觉，不过有时候我很怀疑，我在那个房间里有没有真的睡着过。尖叫声把我吓了一跳，我起身向走廊看去。夫人正抱着她的肚子。先生抱着她的腰试着让她往车门那边走。走一步，一声尖叫。再走一步，又是一声惨叫。她一直在叫，仿佛这辈子可以随便叫，没有上限，仿佛每一声哀怨都失去了内涵，变得空洞。

　　几天后，他们回来了。我本来以为他们会早些回来，但分娩时出现了并发症，然而没人通知我。何必呢……何必告诉一个保姆。那种等待的感觉很奇怪。他们都不在家，但并不意味着一切都跟随他们离开了。我在餐厅里待了一个又一个小时，手放在桌子上，看着冰箱上的电视：全国历史性干旱，发生在阿劳卡尼亚的占道示威，洗衣闪送。一天就这样在各种不幸和商业广告之间过去了。我想我当时可以趁机会在游泳池里泡一泡，下午再煲个电话粥，喝掉剩下的威士忌，试戴一下夫人的首饰。你们也是这样想的，不是吗？别开玩笑了。

一天早上，我终于听到了刹车声，钥匙的开锁声。我以为会听到哭声，但我没有听到婴儿的声音。她出生时没有哭，你们知道吗？后来她一发脾气，先生都会拿这件事说笑。当她哭闹，怎么安抚都不行的时候，先生和妻子就会提起他们的女儿在出生后的头三天里一点声音都没有。仿佛她什么都不缺。仿佛她生来就很满足。

夫人抱着孩子，脸上露出僵硬、做作的笑容，甚至有些狰狞。我注意到她下车的时候很费劲，皮肤晦暗，憔悴，嘴唇干裂，一身的虚汗，几周以后汗才慢慢止住。"请你开一下窗户，埃斯特拉，还有门，所有的门，通一下风。"她当时用的是这个词，"请"，就好像这是她日后会回报的人情。

她往前移了几步，在门槛前停下来，长长地舒了一口气。我想，那是我唯一一次心疼夫人。她太累了，我伸出双手扶住了她的孩子。在安库德广场，母亲给流浪狗一盘牛奶，然后说："这就是我们人啊，不是吗？"她同意照看别人家的猫，或者帮某个老人家把口袋从商店拎到家的时候，她也说："这就是人啊。"这就是我们，这就是人啊。事实并非如此。人不是这样，你们把这句话画重点。

我抱住了孩子，她的重量让我错愕，很轻，轻得让人鼻子一酸。眼睛和小脸肉嘟嘟的，新生儿长得都一样，气味也一样，目光也一样，都是双目失焦显露出的那种绝望。孩子比我当时想象的小，那时候我不懂。要不了多久，她的指甲就会长啊长，生命在茁壮成长，我得成千上万次地剪啊剪，生命本该如此。

我把孩子抱到怀里，夫人说孩子需要休息一下，我得留下来陪孩子。她没有说孩子的名字，发现了吗？夫人只是说"她"。"陪着她，埃斯特拉。麻烦你让她睡觉。"也许这就是我一直叫她小姑娘的原因，其实她叫胡利娅，你们肯定已经知道了。

我把她抱到里面那个房间。房间里贴着野菊花的墙纸，一个木制的婴儿床，还有一个旋转摇铃，上面挂的斑马和太阳可以一直转。我把她放在柳条制的换衣台上，开始给她脱衣服：一张绒毯、一块棉质的抱被、一件过于肥大的连体衣。屁股上裹着尿布，其他地方都一览无余。红扑扑的皮肤上有一些黄色的斑点，肚脐上挂着黑线。一触到寒冷，她开始挥舞手臂，但没有哭。她张开没有牙齿的嘴巴，呼出了气，就没有别的了。而那张嘴巴以后会有很多很多话："给我"，"我要"，"你来"，"不"。

我解开尿布扣子，一股味道一下子充斥了整个房间。我以为新生儿没有任何味道，那时候懂什么呀。母亲一边清理猪粪，或是田里的粪坑，一边说："不管从哪儿来，屎就是屎。"现在想来，她说得有道理。

　　我用纸巾擦了好几遍，给她擦得干干净净。然后换尿布，又拿了一件最小号的衣服给她穿上，最后再戴上一双小小的白手套。我当时听说孩子出生后会抓脸。这种叫什么行为：出生后就抓自己的脸。

　　我把她抱在怀里，这时，她终于微微睁开了眼睛。迷茫的灰色眼睛还无法聚焦物体。但在当时，我以为这是沉默导致的目光失焦。我开始轻轻地摇晃她，以免自己也陷入无尽的沉默。幸运的是，小家伙立刻就睡着了。或许她只是闭上了眼睛，没睡着，我也说不清楚。我小心翼翼地把她放在小床上，看着她在里面安定下来。我没带过孩子，更别说新生儿了。一开始我就和夫人打过招呼，但她认为她的保姆既然会用洗衣机、熨斗、烤箱、绣花针和顶针，当然也会照顾她的女儿。现在，她的胡利娅发出了高亢而悲伤的哭声。

　　我哄了多久已经不记得了。如果把我陪她睡觉的时间加起来，能有多少？十分钟，七年，我的余生？我瘫软在婴儿床的围栏外，目光无法从她一鼓一鼓的胸腔移开，分不清爱与绝望。

一天早上，我指的是刚开始的时候，我洗了个澡，系上围裙，一进厨房就看到冰箱门上贴着一张纸条。很意外，夫人竟然没有提前通知我她一大早要带孩子出门。我想，这是一个测试。她想看看新来的这个人是不是一有机会就抱着她家的电话没完没了地打，打给姨妈、表姐妹，还有数不清的侄女。

我检查了一下电话是否放好，然后回去看那张纸条：

洗涤剂

尿布

无糖酸奶

全麦面包

我把纸条和一张钱装进口袋。一个识字、可靠、形象佳的保姆。

电话铃声把我吓了一跳。是夫人，除了她还能是谁，但我却不知道该怎么办。接起来，让她确认新来的保姆时刻关注着家里的情况；不接，让她在电话那端干着急，另一方面也让她明白一件更重要的事情：电话无人接听，她那位高效的保姆已经去超市了。

我没接。

室外，月桂被太阳烤得无精打采。我围着围裙，穿着便鞋就出门了。对面的路上走过来一个女的，她身上也有一件一模一样的围裙，灰白色的格子，假扣子，头发编成了辫子，穿着便鞋，她和一个老太太慢慢地走着，老太太戴着珍珠耳环，肩上挎着皮包，头发染了色，梳得很整齐。纠正一下，刚才说得不够准确。她不是和老人一起走。她是非常费力地拖着老太太，一小步一小步，弓起身子往前移。她看到了我，我们互相看了一眼，同时停了下来。她的脸就是我的脸，这个想法让我不禁打了个寒战。如果我松开手臂，如果我突然跑开，老人会直接脸朝下地摔下去。

我快步朝和她相反的方向离开。我不知道该去哪里找超市，但一想到和刚才那个女人面对面走，我就浑身难受。我路过几栋私人公寓楼和几座带独立庭院的豪宅。时值夏末，有些树的叶子已经开始凋落，但地上没有一片落叶，干净得一尘不染，应该是刚刚扫过。没有一丝裂缝的步道，绿树成荫的马路，一路上没看到一辆车在行驶。仿佛置身于电影中，我这么想着，加快了脚步。

可能正是由于这种万籁无声的气氛，我注意到有人在跟踪我。一个影子，一阵沙沙声。一定是刚才那个女人，那个几年后我将成为的女人。她穿着我的鞋，尾随着我的脚步，用我的声音低声跟我说着一个秘密。我心跳加速，双手冒冷汗。我确信自己快要晕倒了。我会一头跌倒在柏油路上。我会在医院里醒来。夫人会因为我体弱多病而把我辞掉。我必须回到岛上，告诉母亲，她说的都是对的：这一切都是个错误，我不应该去圣地亚哥。于是我对自己说："埃斯特拉，够了。"于是，我猛地转过身。

房子一座接着一座，电防护网一道接着一道，路上一个人都没有。当时正值干旱，你们知道的，但是那里的草坪、前院、花坛依旧绿意盎然。那是一个和谐而宁静的社区，一个世外桃源。我停了下来，准备歇口气，手在围裙上擦了擦汗。我看到对面的街角有一个加油站，还有一家超市。

我穿过马路，为了少走点路，我从加油站中间穿了过去。我也不知道当时为何要这么走，为什么想少走点路，为什么想节省时间，为什么想早点到达目的地。里面的店员一直看着我，即使这让我感到不适，他也毫不在意，或者说，他就是想让我不舒服。坏就坏在，谁会穿着围裙，一脸不知所措地走在大街上？我用眼角的余光看了看他。他很年轻，瘦瘦的，胳膊上文着一种蕨类植物，脚边趴着一只咖啡色的大狗。直到我走进超市，他的目光才从我身上移开。这个女人，或者说是我，仿佛一个真正的幽灵。

店里的促销广告扰得我记不清要买些什么，我便从口袋里掏出了清单：

洗涤剂

尿布

无糖酸奶

全麦面包

我依次划掉了这些词，就像你们也可能划掉我的一些话，比如你们觉得不合适、不可信，或者不正确的话。我付了钱，把账单收好，数了数零钱，又上街了。注意听，朋友们，我在跟你们说话呢。是你们，你们不是在等着我招供吗？怎么了？我刚才好像听到门外有人在埋怨。不愿意我称你们为"朋友"吗？很过分？那你们想让我怎么叫？陛下？阁下？尊贵的女士们、先生们？

我不止一次想知道你们是谁。也许靠近玻璃我可以隐约看到你们。可无论我挨得多近，也只看到自己的影子、我的眼睛、我的嘴巴、额头上初现的皱纹。疲惫是不是阶段性的？会不会有朝一日重新拥有昔日的容颜？

不过，我又讲到别的地方去了，请你们海涵。我走出超市，阳光洒满了全身，那种事第一次发生了。我抬起头，环顾四周，竟不知自己身在何处。这不是抒情，我没有心情写诗。我的目光扫过沥青路面，扫过颤抖的石碱树树叶，扫过加油站牌子上的字。但是，无论我的目光如何扫过四周的现实，我都无法解读我是如何来到那条街、那个社区、那个城市、拥有那份工作的。我分不清大地和沥青，分不清自行车和动物，分不清两条腿，分不清刚才那个保姆和我。动物、地面上的沥青、阳光下行走的保姆，这些东西忽然间变得陌生。我进入了一个……重叠空间，无法脱离。

光线晃花了我的眼，心里的恐惧使我浑身瘫软，我拼命寻找着什么，好抓住它让我回到自己的身体里。我又是拍脸，又是攥着拳头揉眼睛。于是，我再次看到了那条狗：咖啡色、茂密蓬松的毛发、野性的目光。我看到了狗、蕨草文身、干净的街道、那个女人，日后便是我搀扶着年迈的雇主。于是，我想起了回去的路，急匆匆地朝那个房子走去。

我还没走进大门，就听到电话铃响了。

"夫人。"还没等她开口，我便回应道。

她很好奇我是怎么猜到是她打来的。我没回答，也没那个必要。我的手还在颤抖，我想坐下来休息几分钟，但我必须尽快赶回超市。夫人说她忘了橄榄油和肥皂。

"早上好，埃斯特拉。"

"早上好，先生。"

"晚安，埃斯特拉。"

"晚安，夫人。"

睁眼，起床，快速冲澡。系上围裙，扎好头发，走进厨房。烧水，泡茶，吃一块黄油面包。准备他们的早餐，把早餐送去床上，接受当日的安排。

他们上班后，我就去主卧，捡起地上的睡衣，打开所有窗户，听喜鹊在松树上兴奋地叽叽喳喳。我取下床罩和毛毯，卷起来放在床边。然后取下床单，用力抖动，看它像降落伞一样膨胀起来。

自打在那里工作，每天清晨，我都要整理那张双人床，一成不变，算下来有几百次了，我没数过。每一次，都能看到床单下面的褶皱，脚那个位置的毛絮，应该是先生和夫人睡觉的时候用脚蹬出来的。那些毛絮让我很是好奇。我不理解他们为什么睡觉的时候会动来动去，连袜子都踢掉了。我从小睡觉都很安静，像木乃伊一样，也许是常和母亲睡的缘故。夏天，我们各自睡一边。但是冬天，我害怕房子的金属板被狂风掀翻，害怕房子顺着泥流滑到沙滩边，害怕一棵老桉树垮在我们身上。我细心注意树枝的沙沙声、淅淅沥沥的雨声和母亲平静的呼吸声，翻来覆去，不一会儿，母亲便提醒我：

"闭上眼睛，孩子，猫头鹰才不睡觉。"

对不起，回忆扰乱了我的思路，我又讲到别的地方去了。我刚才说到床、毯子和毛絮。枕头需要拍打才能恢复原状。靠垫、窗帘、地毯这些也需要拍打。采购回来要拍拍手；挑完西瓜或甜瓜，也要拍拍手；在教堂里要拍拍胸膛；幻觉来袭时，要拍拍脸。唯有拍打，才能赶出灰尘，注入空气，让毛变得蓬松。我日复一日地注入空气，把先生和夫人的枕头弄得松软蓬松。

孩子出生后的第三天，终于哭了。当时，夫人正躺在床上喂奶，窗户全开着。我很清楚当时发生的事情，因为我正在走廊扫地，地上的毛絮随之飞舞。她在房间里叫我，压低了声音让我给她端一碗菊花茶。

我端着托盘走进房间，孩子突然噎住了。她断断续续发出些声音之后，就没声了。寂静得可怖。她无法呼吸，脸憋得越来越红。夫人摇她，拍打后背，都没有任何反应。

"胡安。"她喊道。

一声绝望的叫喊。先生正在办公桌前工作。他说过不要打扰他。他正在研究一个棘手的病例。需要他做出决定，究竟治不治，要不要挽救一下病人的生命。他说是个小女孩。他把自己锁在屋里，和一堆文件一起。幸运的是，他听到了夫人的尖叫。他冲进去，抓住孩子，翻过来使劲儿晃。一股白色呕吐物落在了地毯上。小姑娘大哭起来。她张着嘴，脸通红，胳膊僵直。她哭啊，哭啊，撕心裂肺地哭。先生把孩子放回到夫人的怀里。

"换个姿势。"他说。接着又说：

"我要去诊所，这里没法工作。"

夫人试着安抚孩子，给她唱摇篮曲，但无济于事。一把孩子靠近胸前，她就扭头哭喊。我一直站在那儿，你们明白吗？手里端着盘子，一杯菊花茶，一言不发，呆呆地看着孩子一碰到母亲的身体就尖叫。这时，我记得很清楚，她看了我一眼，看了看地板上的污秽，又看了我一眼。她没说话，也没必要说。我把盘子放在床头柜上，然后拿抹布过来擦地。

这些很重要，不是拖延时间。整理床铺，开窗通风，擦洗地毯上的污秽。我之前说过：要想进入核心，必须先经过外缘。那这样一个故事的核心是什么，你们知道吗？黑色的脏袜子、沾满血迹的衬衫、一个不快乐的小女孩、一个装模作样的女人和一个精于算计的男人。他计算着每一分钟、每一分钱、每一次成功。他天不亮就起床跑步，一边刷牙一边整理，一边跑步一边看记事本，一边吃饭一边看报纸。这种按照计划生活的人，他清楚自己的每一分钟。因为每时每分都在他的计划中。

在先生的生活中，任何事情都不能左右他的人生规划。哪怕他的母亲去世，悲伤也只是在他的眼角刻下一道皱纹。哪怕与妻子争吵，他也只是没胃口吃饭。更别说那个难缠的女儿绝食。他的计划进展十分顺利：学医，结婚，买房，房子不够大；于是卖房，再买房，和领导闹僵了；于是自己当领导，生孩子，挽救生命，一些成功了，一些失败了。于是，他攀上了巅峰，他开始摔跤，废话也多了起来。我之后会具体讲，别急，别让焦虑吞噬了自己。那是一个清晨，他讲了很多，是现实崛起，将他的计划全盘推翻。

休息了几个月，夫人说她准备回去上班了。她说她要出趟门，大概两个小时，可能多也可能少。她要去南方，需要买几套衣服和一个小行李箱。她在伐木场工作，你们知道吗？文件、松树、文件、更多的松树。她有一叠又一叠关于松树的文件：松木刨花、锯末销售、松木规格、土地购买。家里有一个识字的保姆，弊端就在这儿，能看与她无关的文件，而且都是机密。他们公司收入多少，支出多少，将来能留下多少。瞧我又跑偏了。我刚才讲到夫人出去买东西了，我呢，规规矩矩独自待在房子里。

　　我刚才说……独自。其实是我和孩子单独待在一起。不知从何时起，我开始认为她和我在一起，我不是一个人。那一刻很有意义，但我当初并没有在意。

　　夫人出去了很久，孩子哭闹起来。她当时六个月大，胃口很好。可是后来，每顿饭都成了一场战役，让她吃几粒豌豆，吞几粒米饭，要花几个小时的时间。我试着给她喝一点点加糖的水，但不管用。她把奶瓶扔在地上，哭喊变成了尖叫。家里没有奶粉，夫人一直是亲喂，我决定弄点香蕉泥，于是祈祷，期望。小姑娘狼吞虎咽，很快就睡着了。

夫人回来后，她注意到桌子上的脏盘子，怀疑地看着我。她很少看我，知道吗？我在厨房里，在她的卧室里，在花园里，我无处不在，但她从不看我。然而那天，她看了我，她不愿意由保姆来给孩子喂第一口水果，所以她生气地看了我一眼，满脸通红。我已经说过，她很容易脸红，比如我剪掉了小姑娘的刘海，我擅自使用她的东西来惩戒她，再比如，小姑娘只有得到嬷嬷折的小飞机才肯吃饭。我任凭她喋喋不休，不做任何回应。我跟她有什么可说的。她去了将近三个小时，孩子不停地哭闹，而现在她的女儿已经在小床上心满意足地睡着了。

过了一会儿，夫人为自己的失态感到后悔。关起门地骂保姆可不是明智的选择，她可是一个关系家人吃饭，掌握家庭秘密的女人。她意识到了自己的错误，有意向我赔个不是。

"小埃，"她说，"看我给自己买了什么？"

裙子装在一个盒子里，上面系着一条蓝色缎带。

"打折买的。"她说。

"这就是我工作的意义。"

这就是玛拉·洛佩斯夫人工作的意义。

她站在我面前，把裙子搭在身上比画。光滑的黑色面料盖在了松弛的肚皮上。

"你觉得怎么样？"她问我。

裙子是修身的短款，能露出她腿上曲张的血管，能看到内裤的印痕。

"好看。"我回应说。

她笑了笑，然后让我把它挂好。

夫人在楼下泡茶，我上楼去她的卧室。打开衣柜，把裙子从盒子里拿出来，我也没多想，把裙子搭到围裙上。镜子里，显现出我从未见过的光彩，但我觉得不够。我一下子脱掉了工作服，穿上了那条裙子。

面料丝滑，触感轻柔，还闪着黑色的光泽。真的太轻盈了，感觉都快消失了，我也要随它去了。我把手搭在肚子上，看着镜中的自己。俗气，伪装。一双破旧的便鞋配小黑裙，俗气。我感到裙子在燃烧，在灼烧我的皮肤。

我没听见夫人上楼，也没听见她进来。直到她说话，我才注意到她已经在门口了。

"埃斯特拉。"她说。

那段时间她一直亲切地叫我小埃。小埃，给我拿把扇子。小埃，拖鞋。小埃，一杯不加糖的无因咖啡。

我不知道自己该说什么，我还能说什么，我姓加西亚？不，我什么也没说。我等着她转身，把目光从我身上移开，但很快我就明白了，她不会走的。我必须当着她的面把裙子脱了，就像她经常脱衣服不避开我，就好像保姆没有眼睛，看不到她旺盛的腋毛、下体的毛发、刚生完小孩的肚皮。

我抓住裙子的下摆，从头脱下。然后站在那儿，穿着内裤和胸罩，我直视着她的眼睛。她的眼睛是棕色的，很普通，毫无波澜。就在我看她的时候，我突然有了一个想法。在你们的笔记本上记下来，你们会喜欢的。那是一个一闪而过的画面，一个噪音炸弹，一个爆炸式的想法，甚至讲出来就是为了把它甩掉。

我想看她死。

没错，我说过我不会撒谎。我当时就是这个愿望，但我什么都没说，也什么都没做。别紧张，她不是活得好好的？我弯下腰，拿起围裙迅速穿上，然后小心翼翼地把她的裙子整理好，用手在衣柜里腾出一点空隙。当我在一堆裙子里翻找衣架时，夫人阻止我说：

"你最好把它洗了，埃斯特拉。"

小姑娘转眼就长大了，新生儿长得快。我们转眼就老了，只是我们宁愿装作不知道。一天天地过去，小姑娘能抬头了，两只手能握住玩具了，牙床上长出小白牙了。不知哪一天，她说出了第一个字。

　　她坐在她的高脚椅上，我正在给她喂饭。屋里，嘈杂声中听到电视里正在播报新闻——一名男子在银行门口自焚。他的尸体在屏幕上燃烧着，红色的火苗，跪在地上。因为在医院欠了债，他的房子被扣押了。他的妻子得了癌症，已经去世了，他无家可归。记者说是"自焚"。献祭，死亡。小姑娘看着那团火焰，这时夫人走进厨房把电视关了。

　　"别让嬷嬷给你看这么惨的。"她说，反正就是类似的话，我记不清了。

　　没了电视，小姑娘不高兴了，在椅子上扭来扭去。她咿咿呀呀，举起胳膊，喊叫，吐口水，突然，她不出声了。她环顾四周，似乎在找什么东西，一会儿看看墙，一会儿看看桌面。终于，她好像找到了，便用纤细的食指指着我。我看到了她眼中的坚定，她半张着嘴，发出了两个一样的音。

"嬷——嬷"，她坚定地说出口。

夫人一直是这么称呼我的，而且很明显：跟嬷嬷洗澡，跟嬷嬷吃饭，让嬷嬷用奶瓶给你热奶。

夫人听见了。我也听见了。而此时，我们都希望她闭嘴，退回到闪烁的电视屏幕，回到屏幕里燃烧的男子。我舀了一勺糊糊，正给她往嘴巴里喂，但她因为探索出了新动作和新声音兴奋不已，开始用尽全力地叫喊"嬷——嬷，嬷——嬷"。

夫人看着她，一时间不知如何是好。她的脸上写满了失落。接着，她从兜里拿出手机。

"胡安。"她说。

她给先生打电话，语气如同她平时撒谎和生气，但是更强势一些。我不停地给孩子喂糊糊，一勺一勺地喂，想让她把话咽下去。她却带着哭腔一直喊"嬷嬷"。

夫人说话的声音更大了，更高了。看得出来，她有些紧张。她润了润嘴唇，吞了一下口水。先是犹豫了一下，似乎没找到词。然后脱口而出。她告诉丈夫，小胡利娅终于开口说话了，这么早，太棒了，太聪明了，猜猜她说的第一句话是什么，猜猜，胡安，快猜：

"她说的第一句话是妈妈。"

夫人是这么说的。

我们明天再讲吧。今天就这些。

很难记清楚第一年、第二年、第三年先后发生的事情。到底哪个先哪个后，第一年夏天发生了什么，第二年夏天发生了什么，还有第一句话、第一顿饭、第一次发脾气。有了顺序，这个故事才好讲。我才能一步一步、一小时一小时地讲述，而不会从一件事跳到另一件事，从一个想法又跳到另一个想法。

　　小姑娘经常吃手指。她两眼发直，疯狂地吮吸她的拇指。有时我在想，她的小脑袋里究竟在想些什么？她在想故事里的画面？还是说孩子的脑袋里只有形状和颜色？夫人很讨厌女儿吃手。只要她把手指放在嘴边，夫人就在手上打一下。

　　"不行。"她说。然后又说：

　　"牙齿会长歪的，胡利娅。你知道牙齿长歪的女孩长什么样吗？很丑。"

小姑娘的乳牙一颗一颗长得很整齐，她张着嘴看着妈妈，拇指上全是亮晶晶的口水。过了一会儿，她又不由自主地把拇指含到了嘴里。

那时候她很漂亮。后来也很漂亮，就是太瘦了，太苍白了，也没精神。小时候可不是，肉嘟嘟的，很爱笑。我拖地时，她满屋爬，还爬到我脚上。她还会拍打磨砂玻璃想让我和她去看邻居家围墙上的一只蜘蛛、一只潮虫、一只黑猫。

刚开始，她在地上匍匐，夫人还笑她，说她是蛇，我们都笑了。不久她学会了爬行，不过这个阶段很短暂。最多几个星期，她就开始走路了。

当时，夫人正靠在沙发上看手机，小姑娘正在地板上玩拼图，她抓住沙发扶手，站了起来。动作很快。坐着，站着，突然又走了两小步。我看到她时，我正在给夫人送一块奶酪吐司。我几乎是喊着说：

"她走起来了。"

夫人抬头看了一眼。小姑娘还站着，正惊讶于自己的新发现。她又走了一小步，接着就跌坐在了地上。她笑了，多么稚嫩的笑声。她看到我笑得前仰后合。那富有感染力又轻松愉悦的笑声，已经不复存在。夫人把她抱起来，像陀螺一样转了一圈又一圈，一片欢声笑语。数米之外，我看着她们。女儿、母亲、幸福的圆舞曲。

学会走路之后，她接受了第一次体检。先生让她坐在高脚椅上，脱掉袜子，检查脚。十个脚趾、脚底、脚背、足弓。两只完美的小脚，我边做饭边想。但先生不这么认为。

"她和你的脚一模一样。"他对夫人说，夫人正把买来的东西往储藏柜里放。

扁平足、跖骨下陷，得给她买鞋垫。

接下来是眼睛。他认为必须尽快带孩子去看医生。他说儿童近视都失控了。他用了"失控"这个词。我正在给孩子做糊糊，都是她最爱吃的：鸡肉、土豆、南瓜。先生继续检查。他抓住胳膊，抬了起来，又检查了大腿的粗细。这时他转过身来，想知道我给她准备的食物有多少。

"这些。"我说，给他看了一下碗，碗上有一些图案。

"甜点呢？"

"水果。"

"多少？"

我没有回答。夫人也在。他俩一起看着这个保姆，准备对她的回答进行评估。

"她开始发胖了。"先生是这么说的。

"得注意饮食，埃斯特拉。儿童肥胖症已经失控了。"

这个也失控了。肥胖。近视。小姑娘看着他哭了起来。号啕大哭。先生把她抱起来想安抚一下。号叫。尖叫。夫人把她抱走了。小姑娘又踢又打。孩子崩溃了，我心想，但什么也没说。

女主人说话了：

"你来吧，埃斯特拉。"

我抱住她，来到了后花园。我记得很清楚，当时是春天，但天气很热。小姑娘一直踢我，还尖叫，我想唱首儿歌。不行。尖叫声吵得我什么都想不出来。我抱着她绕着泳池走啊走。我突然想到用树来分散她的注意力。

我告诉她："这是无花果树。等你长大了，就可以爬上去。"

"这是木兰。"我接着说。

"李子树。"

"山茶花。"

这些是母亲教我的，如果你们好奇的话，当时也是偶然。那是一个冬天的早晨，暴雨之后，一棵树倒在了路中间，我正坐着"招手停"的车回家。

"都下车吧。"司机说，然后就不管我们了。

我当时八九岁，没多大。我没有伞，只好冒着大雨穿过乡野，深一脚浅一脚，鞋子上沾满了泥巴，风在耳边呼啸，树枝弯到了地上。记忆中，大概走了几个小时。我饥肠辘辘，变成了落汤鸡。到家后，母亲让我脱掉衣服，给我裹上羊毛披风，用毛巾给我擦头发，她只问了我一个问题。

"那是什么树，孩子？"

我耸耸肩。对我来说，那就是一棵树，仅此而已，巨大的树干横在路中间，有枝有叶，和其他树一样。母亲却很坚持。

"孩子，那树干长什么样？什么颜色？有多粗？"

第二天蒙蒙亮，她就叫醒我，带我去散步。她带我看了枫树、高山南青冈、柏树、智利南洋杉、桃金娘、乌尔木。她用手掌抚摸着每一棵树干，仿佛在进行洗礼。我得一边重复名字，一边抚摸树干。接着，母亲教我分辨马基莓和沃基果、桃金娘果、覆盆子。说完，她盯着我，紧紧盯着我。

"名字很重要。"母亲说，"孩子，你的朋友没有名字吗？你叫他们女孩、男孩吗？你把奶牛叫动物吗？"

我抱着小姑娘把花园里的树看了一圈，她很安静。她小心翼翼地摸摸树叶，看看树枝，又看看树冠，还有落满灰土的叶片。我回到厨房给她做午饭，先生和夫人都不在厨房。我把小姑娘放在高脚椅上，看了看她的脚，每一只都亲了亲。

"扁脚丫。"我说。

她笑了，又高兴起来。我给她盛了一大碗糊糊，她立刻狼吞虎咽地吃了起来。我听到了卫生间的关门声。然后大门也关上了。等确定他们走远了之后，我打开冰箱，拿出夫人的黑莓酱，放在小姑娘的小桌板上，我抓起她的手，把果酱抹在她的大拇指上。她看着自己黏糊糊、黑乎乎的手指，明白了。一口塞进去，幸福极了。一整天，她都没拿出那根手指。

我知道你们在想什么：忘恩负义。我有吃、有住、有工作。月底有稳定的薪水。生活仿佛有了归宿。他们对我不错，这是真的。七年来没有对我大吼大叫。

他们俩之间倒是偶有争论。比如，小姑娘上哪个幼儿园，哪个学校，还有他们的孩子能不能和戈麦斯家的姑娘一起玩，那个孩子脏兮兮的，脸上永远挂着鼻涕。他们也会在钱的事情上争吵。他们把钱花在了昂贵的衬衫、名牌西装和意大利皮鞋上，却计划攒钱在海边度假区买一座海景房。但他们从不大喊大叫，从来没有。偶尔摔门而出，或者喃喃抱怨，但只有我听得到。

争论过后，夫人总会去收拾屋子。整理她的文件、文件夹，把叠好的被单拿出来重新叠，再把上衣从衣柜里全部拿出来，按照颜色分类。如果什么事情让她不悦，她就会红脸：

"不要碰我的文件，埃斯特拉。"

"你有没有拿过蓝色文件夹？"

"我来教你叠裤子：一边，另一边，向下，像这样。"

"你给衣服的防尘罩掸灰了吗？难道你想让我过敏死掉？"

有一次，她把柜子里所有的鞋都拿出来，几十双鞋放在露台上一字排开，然后一双一双地擦亮。所有鞋子焕然一新。

"这样擦就亮了。"结束后她说，双手已被鞋油染得黢黑。

小姑娘刚满两岁的时候，他们认为是时候让她开始社交了。这个词是先生在餐厅吃完甜点之后说的。我正在擦盘子、大碗、小碗，他们说的我都听到了。

夫人说：

"会不会太小了？"

先生说：

"那你觉得呢？整天和埃斯特拉在一起？"

先生说，那几年很关键。不上幼儿园的孩子以后在学校会落后。

"她已经长大了，"他说，"我们必须为她的未来着想。"

夫人同意了，我感觉她是认同的。

几天后，小姑娘被告知她要去幼儿园了。她正到处走着，被父母拦住了。

"你会很棒的，"先生说，"你会成为最聪明的小朋友。"

他们给她看了幼儿园的浅蓝色格子围裙。放心，可不是我那种，从上到下都有扣子，白色的花边领衬托着他们可爱的宝贝。胸前的名字是我亲手绣上去的——胡利娅。幼儿园是每周一到周五，8点到12点，下个月开始。小姑娘看了他们一眼，父亲、母亲，然后把拇指放到嘴边。我以为她要吃手指，结果不是。她捻了捻拇指，看了看指甲，小心翼翼地咬了一下。夫人在她手上轻拍了一下。

"不可以，对，不可以。"

先生没说什么。但后来，他开始担心女儿有强迫症，还有焦虑症，因为她总想把手指放进嘴里，而且小心翼翼。他们无法控制她。啃烂的指甲，带着血迹的指尖，从一根到下一根，从一只手到另一只手。

那晚我失眠了，是无数个不眠之夜中的一个。我在想那个孩子，想她的指甲，想她吃着手就转眼间长大了，想她肉乎乎的小手自由自在，随时都可能塞到嘴里。我从不咬指甲，母亲也不咬。我想，要想吃手自由，得先让两只手保持自由。

你们会说：

"这是睡眠不足引发的。"

也可能写下：

"失眠导致精神错乱，产生幻觉，突发性仇恨。"

还会得出结论：

"分不清白天和黑夜、命令和恩惠、现实和幻想。"

别搞错了，我从来没幻想过什么。现实是现实，不现实是不现实，就像死了和活着的区别，什么重要，什么不重要，我会跟你们解释的。

那天晚上，我突然特别渴，现在也是。就好像干旱侵入了我的身体，在喉咙里。我睁开眼睛，转过身，看了看手机的时间：1：22。也就是说，当时是凌晨 2 点 22 分。我从不把手机调到夏令时，因为每当窗外开始阴雨连绵，母亲都说只有冬天才说真话。

我坐起来，把手伸向床头柜。每晚我都在那里放一杯水。我一会儿一口，一会儿一口，一小时接着一小时，直到黎明破晓，杯子空空如也。我继续朝桌子上摸去，什么都没有，我心里一惊。我用手找杯子，杯子却不在那里。是不是我也不在那里？是不是如果有一只手想摸到我，结果床上空空如也？

　　我的脚接触到瓷砖的一刹那，我又回到了身体里，但刚才的惊慌依然笼罩着我。我光脚走出房间，喉咙又痛又渴。屋里的人应该都睡了，我穿着睡衣去厨房拿杯子。我推开门，朝橱柜走去。厨房很黑，但我注意到餐厅的灯亮着，门虚掩着。我以为是自己忘了关门。

　　我当时怎么就没听见动静？可能当时没那个意识，不会认为里面有人。我推开餐厅门，然后就看到了夫人。她全身赤裸，背对着我，坐在餐桌上，双腿张开，落地灯微黄的灯光照在她身上。我能感觉到她的喘息声，就像一只疲惫的动物，我看到她的背微微向后弓起。背上的痣，有些松弛的腰，胸罩勒出的印痕。和她面对面，站着的先生，他闭着眼睛，裤子和短裤掉在了脚踝，身上的衬衫无可挑剔，扣子整整齐齐一直扣到了领口，那是我一大早给他熨的。

　　我站在原地一动不动，不知所措。如果我不动，不呼吸，他们应该看不到我。静止能让自己与环境融为一体。每次母亲看到林仙树上一动不动的褐斑猫头鹰时，常这么说。我一动不动，渴意全无，眼睛盯着那个男人。他的皮肤通红，嘴唇半张，眉头紧皱，眼皮紧闭。他一遍一遍地冲撞自己的妻子，略显乏味，面部越来越扭曲。夫人的眼睛朝向墙壁，她看不到我。但是先生的眼睛，那个男人的眼睛突然睁开了。我确信他看到了我，但他并没有停下来。他还在那里，在他的餐厅里，和他的妻子做爱。

我知道你们不会记录这个词，别假正经了，这个词最能描述我所面对的现实：丈夫正在操他的妻子，不在状态，怒气冲冲，来来回回，越来越愤怒。而她就像一尊雕像，坐在桌子上，双腿张开，脖子紧绷，后背快要断成两截。

我茫然地后退了几步，开始怀疑自己是不是真的醒了，还能不能回到房间，我会不会渴死在那个离厨房几米远的地方？厨房的水龙头在滴水，一滴、一滴、一滴，就像一场玩笑。我后退的时候，地板咯吱咯吱地响，他停了下来，看到了我。是的，我很肯定。他先看了我的脸，紧接着盯着我的脚。他的目光落在保姆赤裸的双脚上，落在地板上汗湿的十个脚趾上。他开始拼命地抽动，闷哼声和呻吟声此起彼伏。

我扭头就走，没有拿到杯子，没有解渴的水，不知道回去会不会发现床上躺着另一个女人，那个第二天早上用家具油擦桌子，用熨斗烫衬衫，用去污剂擦除女主人背上黑斑的女人。我推开房门，关上门，黑暗还在，很黑很黑，和之前一样。我赶紧钻进床，我想睡觉。一觉睡到第二天，睡到明年，睡到下辈子。

另一边，喘息声愈发激烈，男人低沉地嘶吼、女人一声一声地呻吟。突然，一股热流从脚底涌起，就是被他盯着看的那双脚，就是赤裸地站在地板上的那双脚，那双保姆的脚。热流从脚背蔓延到小腿，扩散到柔软温暖的大腿。我艰难地打开双腿，但灼热感依旧。外面，娇哼低喘。屋内，寂静无声。我趴在床上，脸贴在枕头上，口中的干燥感犹如一条裂缝从喉咙一直延伸到肚子。我把手指放进嘴里，直到手指变得温润。我闭着眼睛，带着撕心裂肺的干渴，带着内心深处的黑暗与渴望，我越来越焦躁而用力地抚摸自己。

第二天，我没有见到夫人。她上班去了，没跟我打招呼，大概 3 点钟的时候她给我打了电话。

"埃斯特拉，记一下。"

一个有教养、勤劳、话少的保姆。

"把鸡胸肉解冻，加菠菜、烤杏仁。还要做烤土豆、高度的皮斯科酸酒。"

"没有比自制的皮斯科酸酒更美味的了。"她仿佛在跟别人说话。

夫人问我知不知道怎么调配。我说知道，但她还是重复了一遍，并且三次警告我不要放太多糖。

"没有比甜腻的皮斯科酸酒更难喝的了。"她说。

她又问我能不能去趟超市。

"小埃，你能不能去买点安哥杜拉苦味酒、柠檬，还有有机鸡蛋？"

她问得好像我能回答"不"似的，"不，夫人，明白了吗？我不去，我不想去，自从看到您和丈夫在餐厅交欢之后，我开始失眠了"。

我感觉脖子里面长了一个疙瘩，就像在最柔软的地方生出了一块石头。我又看到她背对着坐在桌子上，一丝不挂，双腿张开，但那双脚不是她的，是我的。

那天早上，拖地，地板打蜡，洗床单，洗毛巾，冲洗院门口，这些我全做完了，结果得知再过几个小时有客人来吃晚饭。我真希望他们能早点儿通知我，没别的要求。这样我就晚些时候再给地板做保养，就没那么累了。可是谁会在乎我累不累，我认真仔细、尽职尽责地向超市走去。

外面，热浪扑面而来。空气燥热得让人无处可逃。我渴望南方的寒冷，渴望雨打屋顶的声音，可这一切遐想被加油站的小伙子打断了。他看到我时，眉毛一挑，举起手，露出了牙齿。他的牙齿又小又方，母亲会说，这是好男人的笑容。他旁边的狗也看着我。暗淡的皮毛，黏糊糊的眼睛，随处可见的土狗。

"嗨。"就好像他认识我一样。

我一时不知道怎么回应，前一夜的事情弄得我心烦意乱，我笨拙地冒出一个致敬的动作。顿时，脸火辣辣的，口干舌燥，就像现在一样。他似乎注意到了，笑得更灿烂了。

"你在收集它们？"他说。

他一直在偷窥我，想知道我在地上找什么。我为什么要弯下腰，把一堆石头放进口袋里。

"算是吧。"我回答说，然后继续往前走。

走了几米，又听到了他的声音。

"我们又见面了。"我走得更快了。

回到屋里，那场相遇便抛之脑后了。我满脑子都是围裙里的石头。椭圆形的石头，很完美，不大不小。就像以前母亲在海边捡起一块石头，抛进海里。她精挑细选，有的要，有的不要。把扁的丢入大海，石子就一跳一跳地奔向海平线。大一点的她留着带回家。白的、灰的、黑的、还有条纹的，那些石头应该还在，就在她的窗台上，仿佛在眺望大海。而我的这些石头，正在我的口袋里"咔嗒、咔嗒、咔嗒"地响着。我把它们放在口袋里，开始做饭。我用刀在鸡皮上划了一道口子，用手指把软骨和肉分开。把出发前准备好的菠菜和烤杏仁仔细塞进去。

喂？

怎么了？

我好像听到有动静，有人在打哈欠吗？看我像食谱？很无聊？好吧，生活就是这样：鸡肉、软骨，土豆不能粘在盘子上，鸡冠不能贴在鸡头上，鸡眼睛不能掉出来。我把土豆洗净，不去皮，切成薄片，放在一个瓷盘里，撒上橄榄油，加入迷迭香和盐。晚上 7 点 40 分，我把盘子放进烤箱。8 点钟开始烤。8 点半一切准备就绪。如果客人准时到达，他们可以在 8 点 45 吃饭，9 点半吃甜点，10 点喝餐后酒，10 点半洗完碗，给厨房拖地，大概 11 点我就上床睡觉了。

门铃准时响起。夫人问皮斯科酸酒怎么样了。她让我放到最后准备。

"这样才不会起泡。"她说。

"一定要干爽。"她重复了两次，三次。

我从架子上取出搅拌机，按量加入皮斯科酒、柠檬、糖、冰块和蛋清。这是一个听话、热心的保姆，手艺也不错。远处，我听到了他们的问候和寒暄：小姑娘的年龄、幼儿园、天气、工作。听着听着，我从口袋里掏出石头。它们浸入水中，发出了沉闷的声音，最后，沉在了搅拌机底部。石头的表面布满了气泡，看起来很漂亮。就像黄色海洋中的岩石。要不是赶时间，我还能多看它们一会儿。永远都在赶时间。我调整了一下盖子，用手压在上面，选择最大功率，没多想，我就按下了按钮。

门外，一段令人窒息的寂静，紧接着是小姑娘的尖叫声。爆炸声非常大，像炸弹一样，把小姑娘惊醒了。我听到先生去房间安抚她。夫人说：

"我去看一下，马上回来。"

一摊淡黄色的液体从桌边滴落。我的围裙完全被酒浸透了。地板上，在一片碎玻璃和冰块中，那些石头完好无缺。我把石头捡起来，用抹布擦干，放回到口袋里。

夫人走进厨房。

"怎么了？"她问。

她看到了地上的玻璃杯、打翻的皮斯科酸酒和无法复原的开胃菜。这是一个笨手笨脚，粗心大意的保姆，手就像个榔头。她没有看到石头，或许是我觉得。

她很快冷静下来，告诉我不用担心，机器老了，该换了。

"你还好吗，埃斯特拉？"

我点了点头，口袋里的东西很重。夫人走到冰箱，拿出一瓶香槟，突然她停住了。我看到她的肩膀绷得紧紧的，甚至看到她的脸红到了脖子后面。她低头看了一眼地板。她的脚边有一块又湿又亮的石头。她看到了，明白了，她当然明白了。她慢慢弯下腰，从地上捡起了那块石头。当她转过身来时，我可以看到她的脸已经红透了，左眼皮也在颤抖。她把石头放在柜台上，注视着我。我想描述一下她的表情，不知道能不能说清楚。惊讶和鄙视交织在一起，你们说应该用一个什么样的词？

沉默持续了几秒钟，不算太长。她的客人还在外面等着，都是公司的高管，她必须冷静下来，保持镇定。夫人用她尖锐的嗓音，从牙缝里挤出一句话：

"搅拌机的钱从工资里扣除。"她说。

然后她直起身子，轻拍裙摆，回到客人身边，大声喊道：

"高兴，高兴。"

你们一定好奇我为什么不离开那里。这是个好问题，是个重要的问题。就像，你悲伤吗？幸福吗？这样的问题。我的回答是：你们为什么一直在这里，在狭小的办公室里，在工厂里，在商店里，在这堵墙的另一边？

我一直以为我会离开那个房子，但现实是诡谲的。同样的事情日复一日，睁眼、闭眼、咀嚼、吞咽、梳头、刷牙，每一个动作都是时间的一种驯化。一个月，一周，整个生命。

夫人从工资里扣除了搅拌机的钱，以为问题解决了，她是这么说的："埃斯特拉，我认为问题已经解决了。"而我，在做饭和哄小姑娘睡觉之间，做出了决定。一个月。一个月后，我就回乡下，去听雨水拍打房板的声音。那儿比这儿好，有亲人就没有孤独。虽然寒冷，但没有炎热。就算漏雨，也比干旱好。我还没有攒够钱去扩建母亲的房子，我要加盖一间屋、一个浴室，但那又怎么样？我可以在面包店找份工作，或者去给日本人捡海藻，甚至必要的话，我去鲑鱼场工作。母亲肯定会告诉我，不行，孩子，不是你想的那样，不要去，他们拖欠工资，给得很少，甚至一文不给，他们还给那些可怜人下毒，你会生病，然后两眼一闭，两腿一蹬，人就没了，啥原因都没有。我想了好几天，我必须离开，是的，没错。

我想，有决心就够了。而我的决心使得手机铃声响起，让我现世报。

"你好。"我说。

电话那边说：

"埃斯特拉。"

是表妹索尼娅。她说母亲摔了一跤。她爬苹果树的时候，树枝断了，母亲的大腿也摔断了。钱，索尼娅一直重复这个字。她需要钱把母亲从田里送到诊所，从诊所送到医院，再从医院送到药房。买药钱，买饭的钱，还有她请假照顾我母亲也要钱。

我一个人在厨房里。先生带小姑娘出去了。夫人在健身房。圣诞节快到了，我可以休假了。两周。我要去南方，哪怕下雨，哪怕天冷，哪怕钱不够，哪怕屋顶漏雨，哪怕木头腐烂。我已经闻到海风咸咸的味道了，还有路边山楂树怒放的黄色。也许就是那一刻，我觉得我该离开了。

告诉索尼娅：我回去，明天就回去。

去跟夫人说：我不干了。

可是我抬起头，目光扫过墙壁，扫过盛满无花果的盘子，扫过壶嘴缓缓冒出的蒸汽，扫过准备接开水的杯子。我看到了母亲。她把沸水倒进杯子里，用拇指和食指迅速把茶包取出来，泡到另一个小茶杯里。我看着她，不明白她怎么就不会烫伤自己。她的手指碰到开水，红了，但一点儿感觉都没有。后来我明白了。现在，我也可以把手指伸进刚烧开的水里。

我开始在每个月的 30 号给她打钱。我把几乎所有的工资都存入了索尼娅的账户。母亲也渐渐能走路了，虽然一瘸一拐的。夫人回到了她的工作岗位，我继续被困在我的工作岗位上。过去了一个又一个圣诞节和新年。小姑娘一年一年地长大。而在这期间，估计我已经适应了一切。也许这么说不够恰当。你们别在意。我也有变化：可以把手指放进开水……就是这个，没错。

有时侯，深夜里，我会思考她记得些什么。我说的是小姑娘，还能有谁，当然是那个已经离世的小姑娘，她把我们搞成了这样。我知道这已经不重要了，但有时候我在想，我给她洗澡、擦头发、穿睡衣、收拾玩具、亲吻她、跟她说晚安，当我离开之后，她是否还记得我？

　　比方说我，我清楚地记得第一次从奇洛埃群岛到圣地亚哥。我感觉空气中弥漫着灰尘的味道，天气非常热，整个城市只有两种颜色：黄色和棕色。黄色的树木、棕色的山丘。黄色的建筑、棕色的广场。那时候，我很享受观察事物的颜色、重复词语，还喜欢数田野里的动物。我还记得我去了一座黄褐色的山，还坐了缆车。眩晕和恐惧让我把心都提到了嗓子眼，就好像我一个人被挂在空中。缆车摇摇晃晃，我的心也跟着怦怦直跳。母亲握着我的手，但恐惧已经抹去了她的存在。在我的记忆中，我就是一个人，悬在黄色城市上空的棕色天空下，命悬一线。

小姑娘一定会记得鸡肉土豆泥，记得自己总是干净、温暖、记得自己的法式辫子。尤其记得辫子拉扯着脖颈，记得一双手将她的头发分开，一缕一缕地编织在一起。又或许，谁知道呢，她记得我的手，就像我记得母亲那双厚实的手一样。母亲站在一条土路上，一群野狗步步逼近，她蹲了下来，只有我们两个人，她把手伸向每一只野狗的鼻子，她的手在尖利的獠牙前颤抖着。它们立即开始嗅，犹豫，踌躇，然后轻轻地舔舐。这一招是她教我的，伸出没有攻击性的手来表示温顺。小姑娘当然不记得了。她不会记得我。但如果她还活着，也许会记得我的手。

我陪她睡过觉，我和母亲也一起睡觉，一直到我7岁。太巧了，就好像所有儿时的记忆都堆积在了7岁，最后，嘭！全消失了。母亲在安库德的一栋豪宅打工，是在门外干活。她黎明就离开家，晚上10点钟才回来。回来时，她面容憔悴，进门都喘着气，而且是牛一样的粗气。她一边呼哧呼哧地喘气，一边脱下外套、毛衣和沾满泥巴的裤子。我假装睡着了，偷偷地看她的肚脐眼，它藏在褶皱的皮肤里，我好奇得很。她穿着内裤和胸罩，用一团棉花蘸上薰衣草水，开始了她的仪式。她抹了抹额头、脸颊、脖子、手臂和手掌，然后又拿起一团棉花，抹在胳肢窝、膝盖、脚背和脚趾之间。很久才擦完全身。我在床上看着她，心想她全身的面积有多少，要是用棉球擦一遍房间那么大、田野那么宽的地方呢？或者按照教室黑板上挂的国家地图，擦一遍国家那么广的地方呢？

她终于擦完了，垃圾筐装满了脏棉球，母亲穿上白色睡衣，躺了下来。我闭着眼睛在床上等她。我希望她能跟我讲讲她一天都做了什么，但如今，我明白她为什么不说话了。她有什么可跟我说的呢？她瞬间就睡着了。整个人都熟睡了，除了她的手。她的手指整晚都是醒的。它们会短暂性地痉挛，抽动，震颤，碰撞，仿佛它们已经不知道如何停止工作，也无法停止工作了。

是焦虑……你们有吗？你们的手指会刺痛吗？你们坐在椅子上屁股痛吗？你们会一边咬着手上的死皮，一边等待期待已久的死因吗？朋友们，这个故事说来话长，你们可能也预料到了。这个故事早于我，早于你们，早于母亲，早于母亲的母亲。这个故事要追溯到很久以前，源于疲惫，也源于太多的困惑。有没有人问过你们，是否对老板心生情愫？喜欢你的领导吗？喜欢你的主管或人事经理吗？我为他们打扫房间，擦拭家具，保证每日的晚餐。这些和感情没有任何关系。

每周一要搞深度清洁。我说什么？搞。是我搞的卫生，虽然"搞"这个字不算最好。搞厕所。搞床铺。听起来好像是我搞来了这些东西。

周一的工作流程是这样，先把客厅的窗户打开，然后从天花板上的灯开始，用鸡毛掸子轻轻地掸，金色的灰尘便洒落下来。重要的是一定要从上面开始，让灰尘落到地板上。然后抖一抖靠垫，擦洗桌子，擦印度榕的叶子。最后才是扫地、拖地、打蜡和上光。一周后再重来一遍。

这是周一，我是不是说得太细了？有人在抗议吗？想听关键的，推动故事进展的事情？我不是逗你们。我是不想太急了。周一是开头。拿起茶几上的烟灰缸、瓷瓶、艺术书和花瓶，用抹布擦亮每一件物品，然后把它们暂时放在沙发椅上，这样，玻璃桌上就只剩下这些物品的印痕了。在半透明的桌面上，每周都会出现一个秘密——两个不大不小的圆、一个小正方形、一个大一些的长方形。每7天，灰尘都喃喃述说着这个秘密。它们隐藏在地毯下、油画后面，它们是我必须解开的秘密。

哦，我跑题了，是的，就像昆虫飞得太低，一头撞到了挡风玻璃。我好像听到你们的声音了，就在玻璃墙的另一边。你们这些记录者，这些终将审判我的人，我在跟你们讲话。我的声音让你们不舒服，对吗？那就来说一说我的声音。你们期待的是另一种声音，对吧？一种温顺且充满感激的声音。你们在做记录吗？去题万里的话也记下来了？怎么了？保姆连"去题万里"这个词也不能用？那我能借用一下你们的词汇表吗？我好区分一下你们的和我的。

在外出采购的路上，我很享受给形形色色的嘴巴做个分类：快乐、生气、愤怒、悲伤、不喜不怒。有的嘴角上扬，有的嘴角下垂。嘴巴永远暗藏玄机，只是没人去留意它。话语会在流出时留下痕迹，在嘴角划出无法抹去的痕迹。不信的话，看看自己的嘴。批判的话语、残酷又多余的话语，这些都会留下痕迹。再看看我的：细腻、红润、没有皱纹。因为这是一张寡言少语的嘴……当然了，是在此之前。

不过，我们回过头来说我的声音。保姆就应该用别的词，对吗？语速要急、粗鄙、"吃"发成"湿"、吞音。通过口音就能迅速辨识出保姆的身份，不穿围裙也能被识破。

有一次，小姑娘多说了一个字"们"。就在不久前，你们知道这件事吗？既然说到这儿了，我就给你们讲讲。

"屋头有几个客人们过夜。"晚饭的时候小姑娘冒出这么一句话。

先生差点儿背过气去。

"客人，不是客人们，胡利娅，你从哪儿学来的？"

先生以为是从我这里学的。一个保姆在他女儿面前讲上不了台面的话，还夹杂着错词。就这一次，就一次，他就给我扣了个帽子，"用词不当"。

有一次我在给小姑娘洗澡。她不喜欢洗澡。给她脱衣服再抱进浴缸里真的太费劲了。不过，那一次我没费什么力就成功了。我把她抱起来，她的脚一沾到水，就乖乖坐下了。她当时应该只有三四岁。水淹到了她的肚脐眼。

"向后仰，"我告诉她，"我们要把头发弄湿哦。"

她不动。

"把头往后仰，孩子，洗完澡才能去花园。"

身体依然直挺挺的。我明白她为什么不肯动。我试着给她弯腰，强迫她，还是不行。

我把冷水龙头开到最大，拿喷头对着她的脸。她吓了一跳，紧紧闭住眼睛，哽咽着，但没有哭。你们别被吓到。任何人都会失去冷静。我开始给她洗头发，泡沫从脸上滑落，她湿漉漉地坐着，一动不动，我的底线即将被冲破。她的眼睛被泡沫刺到了，嘴巴呛水了，还吞了泡沫，但她还是一动不动。

"把小胳膊抬起来。"我说。

还是不动。

"把胳膊抬起来。"我重复了一遍。

纹丝不动。

我抓住手腕，一把给她抬起来。

我大概说了这么一句话："必须把胳肢窝的泥洗掉"，或是"你的胳肢窝脏兮兮的"，也可能是"瞧瞧，这么脏

的胳肢窝",记不清了,但我记得先生听到了我的话,他在门外说:

"不是胳肢窝,埃斯特拉,是腋窝。注意用词。"

好吧,小姑娘坐在餐桌旁,当着她父母的面,说了"几个客人们",先生立刻把我叫到了餐厅。

"埃斯特拉。"他说。

接着又说:

"应该是'几个客人',不是'几个客人们'。"

这些都很重要:嘴角的倾斜度、难过的嘴、满意的嘴、发音的组合。例如,"怒"由两个拼音字母组成,就两个。但是,熊熊怒火在我的胸口燃起。

你们记录我的年龄了吗？埃斯特拉·加西亚，40岁，保姆。你们肯定是这么描述我的，背地里，还会评论我这张满目疮痍的脸。这是一张60岁女人的脸，足有一亿两千万岁。松弛的脖颈爬满了皱纹，两鬓初生了白发，眼皮写满了疲惫。但是，别搞错了，人的脸永远不会说真话。脸可以伪造，撒谎，假装，隐瞒。脸上的痕迹就是无数次谎言、礼节性微笑和失眠留下的。

夫人在镜子前要花很长时间收拾自己的脸。面霜、粉底，再抹一层面霜，然后是散粉，可以让皮肤显得很白，像个瓷娃娃。有时候，小女孩会站在床边看她，模仿她：扬起眉毛、抿紧嘴唇、半闭眼皮。好像在逐一尝试她将来的妆容。

她曾问她的妈妈，为什么不把化妆品借给我用一下。

"让她变白。"小姑娘说。

"变干净。"

我当时在旁边，要么抖地毯，要么把睡衣叠好放在枕头底下，要么在擦床头柜。

脸会说谎，我再说一遍。手不可能。夫人的手很光滑，指甲涂得闪闪发亮。尽管她比我大几岁，手上却没有一丝伤痕和皱纹。小姑娘的手永远在往嘴巴里送，牙齿只要搜寻到硬物，就使劲撕扯，直到指尖流血。如果不相信我，那就来看看。比较一下她的手和我的手，来吧，看看，检查一下手指肚的质地，关节上的裂痕，手背上的烫伤。

初到他们家，有一天周日，我打算好好睡一天。当然是因为太累了，身上没力气。前一天晚上我把闹钟关了，答应自己好好休息一下，一直睡到身体受不了为止。结果我6点就睁开了眼睛，7点穿好了衣服，8点上街，却不知道去哪儿。人的身体很有意思，一台按程序办事的机器。

其他时候，或者说大多数情况，我星期天都不愿意出门。我待在后面那间屋子里，躺在床上，给母亲打电话。有时我们能聊几个小时，她告诉我骨折的事，告诉我雨水会唤醒身体的疼痛，告诉我猫头鹰在房子周围盘旋，是有坏消息来了。我只是闭上眼睛，静静地听，看着那些画面在她和我的世界之间穿梭。

电话里，母亲经常讲她小时候的事情，以前她从不讲。我想，也许无论是母亲，还是我，我们的生活都不值得被倾听。不过她小时候经常吃烤面糊加蜂蜜，抚摸刚出生的小牛犊，看野生的普度鹿。这些事情有多少是真的，我也不清楚。外婆很年轻的时候，外公就不在了，所以母亲从小就得干活。她 14 岁就被送去做女佣，之后没做过别的。但在她的记忆中，她是快乐的。路边的马基莓摘来就吃，晚上回到家，看到镜子里发黑的舌头，自己吓一跳。听了这些故事，我们都笑了，我们的笑容是真实的。同样真实的是，她一边讲述，广袤的田野便向我四周展开。我甚至能听到猪的叫声、母鸡的咯咯声、鸬鹚拍打翅膀的声音、马蝇撞击窗户的声音。远处，海豚在水面上跃动，海浪和缓而平稳，树林间吹来风的呢喃。我甚至觉得我能听到云朵在耳鬓厮磨，闻到篝火的余烬中土豆和玉米饼在飘香。

不知为什么有一次，就那么一次，我打断了她，问她我父亲的事。这是我很多年前问过的问题，那时我还很小。就像，你睡得怎么样？睡得好吗？我问得很随意。我想她一定很诧异，沉默了许久，她说：

"兔崽子，告诉我你缺过什么吗？"

我没有再问。

小时候在岛上，我整天都是一个人。不对，不对。岛上有牛、鸭、狗、羊。这当然不算孤独。下午，我有时候读书，都是些又旧又厚的书，母亲的雇主要把书送人的时候，她就带回家来。邻居家有两个和我同龄的孩子，海梅和他的双胞胎兄弟，大家也叫他海梅。这么叫错不了，母亲哈哈大笑。两个海梅从13岁起就在渡口工作，日夜不停地从帕瓜渡到查考。夏天，我们把圣地亚哥人的汽车轮胎放气，用鸭蛋砸前面的挡风玻璃。有时候，海梅把麻雀的毛拔光，我们还玩吸血鬼游戏，互相咬脖子。一开始是咬人游戏，不一会儿，就变成了接吻游戏。我亲完一个海梅，再亲另一个海梅，他们俩也互相亲，就像亲吻一面镜子一样。我们渐渐长大，就像小姑娘一样。母亲一直在安库德工作，从日出到日落，她是这么说的，实际上是出门之后天才慢慢亮。

凌晨6点，我和母亲一起出门，她去上班，我去学校。临别时，她会说："孩子，帽子戴好了吗？"这是上车前母亲与我的告别方式。有时候我戴了帽子，可她还是要说："别忘了帽子，闺女，下午很冷，耳朵要冻僵。"在母亲看来，任何疾病都是从头部感染的，所以我必须戴帽子，哪怕粗糙的羊毛在额头上磨出了红疹。有时，只是有时，我故意不戴，好让母亲问我："小家伙，帽子呢？"然后我跑回屋戴上帽子，出来后她会拍拍我的头。但如果她忘了问我，如果她在去车站之前没看我一眼，我就会害怕地想，今天不是个好日子，我肯定会死掉的。我等待着晨光勾勒出罗汉松的树冠，看着歌词在嘴巴冒出的白雾中消散。

小姑娘的嘴里从来没有冒过白雾。她坐在温暖的灶台前、温暖的卧室里、温暖的客厅里，学习时，面前放着一杯温热的牛奶。没有人问她戴没戴羊毛帽。但我喜欢有人这样问我。我喜欢这个问题。这才是有意义的问题。

如果母亲没接电话，我就静静地躺在床上。两脚放松，双腿微微并拢，背部放松，双手放在大腿上，屋里的电视开着。我一动不动地保持这个姿势，一躺就是一天。我终于可以静下来，看着电视播放节目、晨间弥撒、广告、午间新闻——不满、债务、医院大排长队。玻璃门的另一侧会有人影掠过，是先生、夫人和小姑娘在厨房里走来走去。远处，鸫鸟飞掠而过，红领带鸫啄着嫩芽，树叶被春风从枝头抖落。外面，万物在运动；我的体内，寂静在蔓延。

就这样等着，纹丝不动，几个小时过去了。终于，虚幻像影子一样从现实中剥离出来。我可以看到空气在胸腔里缓缓地流动，墙壁在微不可察的颤动中开裂，上空，叫巨隼的翅膀于风中颤抖，风穿过老家的房板，家乡变得和我的体内空间一样清晰可感。接下来，在很远很远的地方，我再次看到了这双手：布满烫伤的手背、关节处硬化的皮肤、肿胀的骨节。它们搭在一具身体上，这具身体正慢慢地、无可挽回地死于这现实之中。

你们把我关在这里可不是为了我的手，也不会关心我触摸自己的腿为何会感到不安。我感受不到这是我的胳膊，理解不了空气在骨骼间进进出出。必须等很久才可能起身。直到深夜，厨房安静了，夜色穿过了磨砂玻璃门，我挺起脊背，坐在床上，赤脚放在地砖上。寒冷从脚底蹿上来，我终于感受到了，我感受到了寒冷，现实还在，并且随时降临。

请你们沉住气。生活往往就是这样，一滴、一滴、一滴……我们却很困惑，不明白自己是怎么淋湿的。

我从一开始就说了。这个故事有好几个开头：我的到来、我的母亲、我的沉默、雅妮，还有洗碗、熨衬衫、把冰箱塞满。但每一个开头，终将通往同一个结局。就像蜘蛛网的线一样，由中心点串联起所有。

12 月 23 日晚上，我把火鸡放在温水里。夫人每年都会买一只七八公斤的火鸡，虽然只有他们三个人吃晚饭。洗碗池放不下火鸡，我只好拿去放浴缸里解冻。小姑娘看到了，还问她能不能和火鸡一起洗澡。大家都笑了，先生、夫人、小姑娘。

24 日早上，我把火鸡拿出来。把蘸了蜂蜜和熏辣椒面的李子和坚果塞到火鸡的嘴里，这时夫人在厨房门口很随意地说了句：

"埃斯特拉，餐桌上我给你留了个位置。"

有时，她也会这样问我问题，遮遮掩掩地。她想知道平安夜我要不要和他们一起吃晚饭。自从母亲摔断了腿，每年她都觉得有义务问我这个问题，我耸了耸肩，便获得了餐桌上的一个座位。

我穿着灰色裙子、黑色衬衫，涂了玫红色的口红。我感觉自己身负千钧，一举一动都很费力，我不断地告诉自己，这是一个特殊的夜晚，一顿特殊的晚餐，埃斯特拉，这一切都是为了祝福你的母亲早日康复。

我走进餐厅，小姑娘看到我打扮得很漂亮，便指着我说：

"嬷嬷有衣服。"

这一次没有人笑，大家都装作没听见。

先生坐在上方，右手边是小姑娘，然后是夫人，我，坐在距离厨房门最近的位置。

先生说：

"埃斯特拉，喝点酒。"

这也可以是一个问句。我喝了酒，给自己切了一块火鸡肉，还添了法式土豆泥。我用银质餐具——特别场合用的餐具——切了一小块，就着一小块李子，一起放进嘴里。我嚼了嚼，咽下去，吃不出一点儿火鸡的味道。我又试了一次：肉、洋葱、李子、坚果。再次放进嘴里。还是品尝不出味道。黄油、胡椒、雪利酒、油、蜂蜜、油脂，每一样我都吃出来了，我用的这些配料都口味鲜明。原因在于，个体和整体之间缺少联系。这不是一顿普通的晚餐。这不是一个普通的夜晚。这是现实，是我又一次经历的现实，是现实的荆棘。

只有我没吃完。其他人的盘子吃得干干净净，摆放在餐桌上。过了很久我才明白，是真的过了很久……我终于起身收拾了盘子，给他们三人端上了甜点。

夫人是怎么跟你们描述我的？她提到我了吗？她肯定发誓说，她的保姆心地善良、尽职尽责、谦虚、感恩、沉默寡言，看起来是个好人。当被问及她自己时，她说："玛拉·洛佩斯，律师"，这三个词似乎真的是她的真实写照。我来给你们一个介绍，写下来：

她早餐吃半个柚子和一个不加盐的水煮蛋。

起床后喝一杯咖啡，8 点钟就出去了。

卜午 6 点回来，吃一块米饼。

晚饭是芝麻菜拌豆子、菊苣拌豆子、菠菜拌豆子、卷心菜拌豆子。

然后，她会偷偷地吃一块面包夹奶酪，喝一杯白葡萄酒和一把药片。

你们问她吃药的事。我只是每周在垃圾桶里见过：艾司西酞普兰、利福全、唑吡坦，还有每月一次的避孕药包装盒。谁没吃过药呢？母亲也吃过。有一次，她去看医生，因为胸口疼，她感觉胸口有个洞，有时候夜里无法深呼吸。医生给她听诊，她咳了几声，医生又问了一堆奇怪的问题：心情好不好，有没有债务，压力大不大，是不是觉得精神紧张，天气冷的时候是不是心情不好。医生开了一张处方，是镇静剂，而她胸口的洞却越来越大。

夫人，她是个好人。我之前跟你们说过。她对我很好，从不大吼大叫。她很努力地做自己：读书、毕业、结婚、生子。不用说，她工作也很努力。她经常疲惫地回到家说：

"我要死了，埃斯特拉。"

仿佛疲惫最能够证明她的成功。

她爱女儿，她当然爱她的女儿，她爱她，就像爱一件美丽而脆弱的物件，随时会破碎。

"小心太阳，小胡利娅。"

"在耳朵上涂点防晒霜。"

"喝点水，给，要不然会脱水。"

小姑娘开始拒食时，夫人手足无措。她看了眼盘子，动都没动，又看了眼她的胡利娅，然后又看了看盘子。这时候如果我给小姑娘吃点儿冰淇淋或者零食，夫人也不再喋喋不休了。

"我是怎么跟你说的，埃斯特拉？绝对不能吃糖，吃糖会上瘾的，知道吗？胡利娅吃了甜食就不想吃饭了。"

还有的时候，小姑娘不让夫人工作。她钻到桌子底下，腿一盘，胳膊一叉，谁都动不了她。夫人绝望了。

"埃斯特拉，你来吧。"她到厨房里跟我说。

我走到办公桌前，小姑娘怨恨地看着我，只不过她不是针对我。她一前一后地晃着身子，陶醉地啃咬她的指甲。都快咬出血了，我跟你们讲过？已经不止一次了，指甲周围结了一层血痂，她疑惑地看着那层血痂，仿佛那不是她的。

只有一次，我用一个承诺把她从下面弄了出来。我说："孩子，如果你出来，我就给你编法式辫子。"

她看着我，想了想。

"我想让妈妈帮我梳。"她说。

我答应了她，她出来了，不信任，但又很高兴。我来到夫人的卧·室，跟她说明了情况。也不知她的目光中到底是愤怒还是怜悯，谁知道呢？

"我不会，"她说，"你编吧，我在忙。"

小姑娘一直哭到睡着。

吃过晚饭，夫人就靠在沙发上，回复剩下的邮件，用手机说到深夜，下达各种指令：落户、招工、买卖土地。她工作确实很忙。为了工作，她不顾一切。树要种得密一些，充分利用土地，少浇水，按时砍伐。他们知道应该抓住松树的头拖拽吗？母亲经常这么问我。可怜的松树，它们没有错，却被揪着头发拉出来，它们尖叫，那些松树在尖叫。它们被挤在一起，近乎窒息，它们变得虚弱无力，毫无防御能力。它们被扒了皮，泡在酸水里，煮沸，打磨，变得不成样子，然后被出售。浇灌它们的河流被诅咒了，母亲常这么说。不过我又扯到这些旁枝末节去了，说得好像那些树枝还在一样。

有时候我会观察夫人吃东西。她给自己准备一把生菜，站在厨房里对着电视屏幕，大快朵颐。电视里，全国性学生抗议，私人家宅遭到暴力袭击，数百万条银鱼在南部海岸搁浅。这些暴力和袭击让她忧心忡忡。她担忧地说：

"不要给任何人开门，埃斯特拉，什么理由都不行，这些人偷东西，烧东西，四处劫掠。"

而我很担心母亲，新闻里一提到南部海岸，我就抬头看看有没有母亲，看她是不是穿着胶鞋，趿着脚，拖着胸口那个洞，在海边捡海藻准备回去给马铃薯配菜。夫人把每一片菜叶子都塞进嘴里，嘴角没有沾上任何污渍。无可挑剔，控制自如。总有一天，她会成为一位优雅的老太太。稳重，穿着套装，无名指上戴着一枚戒指。一个清醒的女人，就是这个词。一个清醒的女人，右手上戴着独一无二的钻石。这颗钻石将由她的女儿继承，这个出类拔萃的孩子将成为一个出类拔萃的女孩，然后成为一个出类拔萃的女人，最后成为我的老板。

孩子总会选择成为父母亲中的一个。想想你们的父亲和母亲，想想你们曾经做出的某个决定。

无论夫人如何否认，小姑娘笑起来像她父亲，说话像她父亲，甚至看我的眼神也像她父亲。7岁的她已经充满自信。

我依然记得她的3岁生日。他们在阳台上为小姑娘庆祝，中间摆了一张桌子，桌子中间放着一个很大的奶油蛋糕。他们邀请了先生的弟弟、弟媳，还有夫人的两位同事。没有其他孩子，你们知道吗？家里很少有其他孩子。

夫人把我从厨房叫出来，让我也去唱生日快乐歌。我不记得工作任务里还有唱歌这一条。放心，我只是开个玩笑。这是为了说真话才开的玩笑。

我们站在小姑娘周围，除了那个录像的人。他后来给大家看录像。录像里看不到其他人，只有蛋糕和小姑娘。

你会听到歌声，是我们在唱。我也在唱。可以听出来我的声音很低。那天晚上他们一边吃饭，一边放录像，一遍又一遍，我就想，埃斯特拉，那是你的声音。当时觉得真不可思议。

那天，女孩3岁了，我刚才说了吗？刚刚3岁的孩子，一脸严肃地看着我们每一个人。你们可以自己看看。小姑娘的表情，突然间看起来像80岁的老人。她永远不会变老，因为她的面孔，那张孩童的面孔，已经包含了她未来所有的面孔。有时我在想，这就是她夭折的原因。那时候就是一副没了未来的面孔。这太荒谬了，还是请你们擦掉吧。

7岁的时候，先生决定教她游泳。这件事很重要。是故事的另一个开头，并且直奔结尾。他要求把游泳池清理干净，他要亲自训练他可爱的女儿。绝对不会让她溺水。

她当时还小，讨厌水。我跟你们说过，每次洗澡都闹。刚出生时，我两手抱着她，用胳膊肘试水温，然后哼歌来分散她的注意力。但都无济于事。只要把她的小脚丫放进水里，她就尖叫。等她长大了，我就跟她谈条件：看一个小时动画片，玩两个小时电子游戏。终于能让她把衣服脱掉了，但她一直都很怕，直到身上擦干，她那惊恐的表情才消失。

有一次我在厨房准备午餐。切西红柿还是泡扁豆，不记得了。我听到外面有哗哗的水声，就从餐厅的窗户往外看。先生跳进了水里，对着小姑娘大喊，不要做胆小鬼。夫人戴着草帽，在躺椅上看着他们。小姑娘在他们俩之间左右为难，不知所措。

她靠近水池边。太阳把边上的鹅卵石晒得滚烫，小姑娘抬起脚又放下，脚被晒得通红。她走到梯子，抓住栏杆，开始往下走。每走一步，她的身体就消失一点，她在颤抖，抖得很厉害。

那天应该有30度，小姑娘却瑟瑟发抖，就像一片树叶。夫人在椅子上喊道，随她自己吧，可怜的宝贝。但你们知道先生的脾气。

当水漫到腰时，先生把她抱到怀里，钻进了水里。小姑娘尖叫着用手抱住他的脖子，但很快就没声了。他们在水里游来游去，跳跃，欢笑。我在里面偷偷地看他们，就像你们看我一样，我注视着这对父女，仿佛一颗幸福的水晶球包裹着他们。

过了一会儿，先生扶着小姑娘的肚子，她终于浮起来了。这孩子学得真快。她学什么都快。我看到她信心倍增，开始用力踢，头伸出水面，她的父亲用手托着身体。先生微笑着喊道：

"再来，再来，再来。"

小姑娘动作灵巧，踢得更有信心了。夫人坐了起来，摘下了帽子。先生继续喊道：

"就这样，就这样。"

突然，他不说话了。他松开小姑娘，距离一步，不说话，抬头看向妻子。眼神充满得意。我痛恨那个眼神。

夫人吓坏了，朝水池迈了两步。我也吓了一跳，跑到花园。小姑娘沉了下去，她拼命地挣扎着。先生就在她身边，离他的女儿只有一米远。夫人尖叫起来，我不知道自己叫没叫。没过多久。不知被什么力量驱使，小姑娘把头伸出了水面。她的身体学会了。她用自己的力量游到了泳池边，然后用双臂助力，把身体推出水面，转过身。父女俩相视一秒，成功了。

那次游泳课后的第二天早上，我正在走廊扫地，突然听到有人溺水。我当时的反应是：冲到花园。很快你们就明白了。保姆绝望地跑着，脑子里只有一个想法：小姑娘因为前一天早上学会了就胆大妄为，她溺水了。她呛了水，指甲发青，徒劳地拍打着，精疲力竭，快死了。我跑出来，停住了脚步。远处，小姑娘把头伸出水面，双手紧紧抓住池边。先生站在她面前，说：

"下去。"

小姑娘沉了下去。黑色的长发在水下荡漾，成千上万的气泡破水而出。几秒钟后，她出来换气。

先生又说了一遍"下去"，还说：

"让我看看你自己出来，不爬梯子。"

这一次，小姑娘沉得更深了，她从水面消失后，使劲儿一冲，想要浮出水面。没成功。她还没有用尽全力。

"再来一次。"先生说。

不知道试了多少次，就在她快没力气时，终于爬出了水面。她趴在池边，激动不已。身上冻得发紫。剧烈地咳了几声。

"很好，"他说，"现在站起来。"

小姑娘站了起来。

"别害怕。"他说。

我不明白他想说什么。没必要害怕啊。她已经在外面了，在泳池边上，很安全。

"保持冷静。"他又说。我觉得"冷静"这个词还没说出口，他突然推了小姑娘一把。

小姑娘向后跌入水中。与水面碰撞发出的巨响在空中回荡。先生纹丝不动。父女俩太像了。如同两滴水。他搓了搓手。他和夫人发生争论，小姑娘拒食或者说错一个词时，他都会搓手。现在他搓手是因为女儿很久还没上来。

下去之前她还没有吸气。她越坠越深，似乎在水底告诉父亲"别怕"、"保持冷静"、"我数到3"。这次是对力量的考验。

先生蹲在水边，我也来到花园。小姑娘还在往下沉。先生正准备跳下去救女儿，去救他可爱的女儿，他的另一滴水。但是不需要了。小姑娘调整好胳膊和腿，脚尖一触到池底，猛地一蹬。她浮上来了，喘了口气，爬上了岸。她咳得很厉害。两只眼睛红红的，却露出了满意的笑容。她正要大笑，先生又把她推下去了。

我是不是讲太多了，耽误你们时间了。你们让我来，就是希望我直奔主题，讲死亡。好吧，我来了，把这句话写纸上：死亡可以等待。死亡是这一生唯一可以等待的事情。首先，你们必须搞清楚现实，明白现实是怎么逐步扩大，明白它如何占据了我的时间、我的每一天，直到我无法，也无从脱离现实。

他们决定庆祝一下，我是说去年新年，小姑娘即将夭折的一年。面具派对、香槟、音乐。先生说有30位客人。如果算上他们自己，是32人。加上小姑娘，33人。我是第34位。

聚会前一周，夫人走到磨砂门旁边，没有进来，也没有看我，她做起了加减法。她只和我讨论了一下钱的问题。虽然"讨论"这个词并不恰当：

"埃斯特拉，工资已经给你了。"

"这是两万块，买菜用的。"

"完了你把剩下的钱放我床头柜上。"

"12月的圣诞节奖金也打给你了。"

我说过，他们对我很好。慷慨、透明，对我很信任。

夫人说过，他们需要一个可以信赖的人。忠诚。体面。一个出色的保姆。我本该回南方的，但我没回。可能是出于自尊，不想证明母亲是对的，不想承认南方更适合我，那里漏雨，有霜冻，还有邻居从窗户里偷窥时的闲言碎语。我告诉母亲，我想在圣地亚哥找工作，她说我是"犟驴"。她说得没错。

我记得，先生恰好走进厨房，不知道要干什么。他听到了妻子的讲话，也要发表一下自己的看法。

"这只是一个普通的夜晚，"他说，"但你能挣三倍的钱。"

然后，他笑着说：

"是我，我也考虑一下。"

连他都会考虑新年的时候当保姆，他说完，哈哈大笑。

晚上9点左右，客人们陆续到了。有同事、亲戚，还有我从未见过的人。门铃响了，客人们穿戴整齐、香气扑鼻地走进来。接着是一阵兴奋呼喊，寒暄客套。唯一心情不好的是小姑娘，不过这么说不太恰当。她已经好几天没吃东西了，好几天没睡觉了。她讨厌噪声，讨厌人，害怕面具。其实她这个样子已经有段时间了。我先这么讲，之后会找到准确的词。

她进了厨房，我没有把她赶出去，她想进后面那间屋子，我也没有阻拦。我从来没让她进去过，但只要她在那里看电视，不要影响我，我就没意见。她走进房间，迟疑地看了我一眼，然后坐在床边，打开电视，时间一如既往地流逝。北京、莫斯科、巴黎的午夜庆典，伦敦和马德里的焰火，这就是新闻播报的内容。我听着电视里的声音，夹杂着另一边的碰杯声。全世界新的一年即将来临，任凭谁都无法阻挡它的脚步。

夫人火急火燎地来了好几次厨房，好像说完一个词就走，说完一个词就走，她从门缝探出头跟我讲话，声音一次比一次苍白无力：

"上开胃点心吧，埃斯特拉。"

"把香槟放冰箱里。"

"酒杯洗一下。"

"把桌上的盘子收拾干净。"

这就意味着，我得端小点心，清洗酒杯，冷藏香槟，收拾盘子，端盘子，干净利落。

时间一分一秒地过去。一小时，一星期，一辈子。我得准备扁豆，祝他们发财，还得洗一串葡萄，祝他们好运连连。这和南方过新年的方式完全不同。我和海梅、索尼娅，还有母亲一起去海边。午夜，可以看到渔船上发射的信号弹，那是渔民在祈求新的一年能丰收无须鳕，祈祷海胆没有休渔期，祈祷没有赤潮。我当时可能正在思念南方，突然被数数声吓了一跳。我朝餐厅看了一眼。小姑娘跑过去抱住父母的腿。

10，9。

他们对着收音机大喊，拼尽全力地喊着。

8，7。

他们相互拥抱，三三两两，手牵着手。

6，5。

先生、夫人和小姑娘一起，面带微笑。

3。

2。

1。

一年又结束了，我想。

他们拥抱、亲吻。祝愿彼此心想事成、幸福美满、财运滚滚、身体健康。祈求工作顺利、年年有余。他们拍着彼此的背，抚摸着彼此的脸颊。激动万分。我在厨房的门槛下看着他们，情不自禁地笑了。我笑了，这就是人啊。

看到别人微笑，打哈欠，自己也微笑，打哈欠。

祝福之后，大家顿了一下，一时不知道该做什么。因为一切都没有改变。下一个一分钟，下一个一个小时，生命在无情地流逝。这时，夫人抬起头，看到了我。她走到我身边，一只手搂着我的肩膀，另一只手递给我一杯满满的香槟。

"我的小埃，新年快乐！"她说着，亲吻了我的脸颊。

先生紧随其后。

"新年快乐，埃斯特拉。"

然后，客人们一一上前。

"小埃，祝你新年大吉。"

"愿你心想事成。"

"少喝点哦，小心不胜酒力。"

"笑口常开，幸福美满。"

"身体健康，财源广进。"

"财运滚滚，好运连连。"

一共说了 32 遍。32 遍我什么也没说。夫人一直在我身边。一只胳膊搂着我，微笑地看着她的观众，她在向我炫耀。她不是对别人微笑，是对她自己。

后来怎么样了，我不知道。估计他们又继续庆祝了，我回厨房了。我走进后面那间屋子，发现已经是新年的 12

点 10 分。

他们应该是凌晨四五点走的。天快亮的时候，我把地板先湿拖，然后干拖，消毒，全部收拾好后，一头倒在了床上。在磨砂玻璃的另一边，厨房的外面，阳光从后面探出头来，勾勒出物体的轮廓。

我闭上眼睛。一阵尖锐、断断续续的哨声在我耳朵里作响。太阳穴一跳一跳的。头隐隐作痛。就在那一瞬间，我产生了怀疑，就像我第一天一样，我再次产生了怀疑。那天晚上是否真的发生过，这一切到底是不是真的？我坐在床边，盯着穿过磨砂玻璃照进来的光线。于是，我有了一个奇怪的念头，但它比把家中所有餐具洗干净、擦干还要真实。甚至比触摸围裙布的感觉还要真实。我觉得，我，也就是坐在床上的那个女人，只是暂时活着。这就是我的感觉。就像一部电影，迟早会结束，而我也将面对这无边的、明亮的、真正的现实。

让我猜猜夫人是怎么跟你们描述小姑娘的。娇小害羞，美丽动人，她非常爱她。可爱、聪明，是个完美的孩子。有点狡猾、出众、独一无二。

总的来说，她很少惹我生气。她经常自己一个人在房间里待一下午，蹲在地毯上，周围几十个玩具。有时候我觉得她是不得已才玩玩具，她似乎预感到了，面对这个忧郁孤独的孩子，母亲将大失所望。我就在想，这么忧郁的人为什么要来到这个世界呢？如果想打断她，必须小心翼翼地向她靠拢。去怀抱那无尽的沉默。当我打断她时，她抬起头，惊讶地看着我，仿佛忘记了自己是谁，忘记了我是谁。

一天下午，她提前放学回家了，你们知道这件事吗？老师打到家里的座机电话，说小姑娘身体不舒服，要马上把她送回家。那天是星期四，我记得很清楚，因为她有兴趣班，舞蹈、法语、空手道，我记不清了。她捂着肚子下了校车，眼圈发红，眼窝深陷。一时间，我真以为她病了。我弯下腰，摸了摸她的额头。她的眼睛闪闪发光，但皮肤温热没有汗。直到进了屋，她开始跑起来。也许是和同学吵架了，或者觉得无聊，谁知道呢？为了达到目的，她可以不择手段。和先生一模一样，我告诉过你们。那天她在家里又跑又叫，庆祝她的胜利。

我没理她，我有一堆浅色衣物要熨，床单、毛巾、衬衫、裤子。她看衣篮空了，就要我到花园里去。那天下午，她一直静不下来。一会儿让我给她编辫子，一会儿像一只羊羔一样转圈圈，一会儿踢球，一会儿又跳绳。她的脚停不下来。最后，她又有了主意，让我躺在地上，闭上眼睛，稍等一下。

我说不行，绝对不行，围裙会被弄脏的，我没时间干这种傻事。我要准备青苹果，还要煎一些大蒜做米饭用，还有一件大衣要用去污剂泡一下，然后整理她的房间，拖地。但她一如既往地任性，她说：

"一会儿就好，来吧，嬷嬷。不麻烦。"

我躺在地上，躺在无花果树笼罩的苍穹之下。我第一次从这个角度看，那是一个全新的视角。一棵我自以为非常熟悉的树倒立着，黑色饱满的果实挂满了树枝，被压得吱吱作响，树叶在微风中摩擦出轻微的沙沙声。小姑娘脱掉鞋子，跪在我身边，把下巴埋在胸前。然后，她的手指交叉放在肚脐前。显然，这个游戏是举行葬礼。她喃喃自语，前后摇晃。她的头顶上，无花果树的枝条也在摇摆。我看了她很久，却不知道我在扮演谁，突然，她像睡醒了一样，睁开眼睛，挺直腰板。她对我笑了笑，但笑里藏刀，她有主意了。

我看着她尖尖的鼻子、细长娇嫩的脖子和下巴尖锐的线条。我发现她瘦了，脆弱单薄的身子让我联想到死亡。但她的双眼依然充满活力。两只深色的大眼睛仔细打量着我。

我觉得我至少在那儿躺了一个小时。天色越来越暗，我凝视着天空，目光穿过深色的无花果和深色的树叶，一种陌生的平静感油然而生。接下来，我感觉到了小姑娘的手。那双小手在我脸上认真地抚摸着。我的额头、我的眼皮、我的鼻尖。那一刻我在想，我是不是很幸福。一种宁静的、令人窒息的幸福。她的手停在我的嘴边。不，我不快乐。

女孩用低沉的语调说道：

"张开嘴，嬷嬷，眼睛闭上。"

我不知道为什么，顺从了她。我感觉眼睛慢慢沉了下去。我张开嘴巴，好像有一颗无花果落在了舌头上。就在一瞬间，小姑娘突然往我嘴里塞了一把泥巴。

小姑娘跑到花园，大声地笑着。我站起来，回到家里，把自己关在后面那间屋子的卫生间里。我反复漱口，满嘴的泥巴，身上全是土。你们想问我生气吗？不。我更多的是困惑。甚至有点害怕。

嘴巴洗干净之后，我换了件围裙，把头发上的泥土抖净，绾成一个发髻。这时，我听到外面一声尖叫。

小姑娘一瘸一拐，但不敢进屋。她的父母应该在回来的路上了。她害怕我指责她，害怕我给她父亲告状，说他女儿撒谎，假装生病提前回家了。我叫住窗外的她，问她发生了什么事。她没有回答。我走出去，从腋窝下把她抱起，仿佛她还是小宝宝。她都长那么大了。

我费力地把她抱起来，回到厨房，让她坐在灶台上。她光着脚，小脚趾已经变形了。嘴巴里一直抱怨着，却未流露出丝毫痛苦。她被气得满脸通红。

我找来一块冰，仔细一看，是被蜜蜂蜇了，刺还扎在红肿的皮肤上。她咬紧牙关，只是低闷地呻吟着。我用指甲拔出刺，放在手掌上给她看。她还在愤怒中，无暇理会我。我用另一只手给她敷上冰块，缓解疼痛。

她嘶嘶吸气的时候，我说：

"蜜蜂死了。"

这一次成功引起了她的注意。她好奇地看着我，先看着我，又看看刺。我告诉她，这是一只美丽高贵的昆虫，头黑得像宝石，躯干上披着一件毛皮大衣。它在腹部划了一道口子，把剑刺进她的脚趾，然后死了。

两只深邃的大眼睛闪闪发光，我把刺拿给她看，对她说：

"这些是遗体，孩子，它的剑和遗体。"

我告诉她，刺是一种惩罚，对它自己的惩罚，这种惩罚叫作献祭。

小姑娘吞了吞口水，看着刺。我很清楚她在想什么，她确实长大了，长得古灵精怪，但我不认为她有能力。

我吻了吻她的额头，扶她站了起来。我盯着她的脚趾，仿佛那里藏着什么秘密。我在她面前蹲下，向前走了一步，说道：

"听我说，孩子。这不是恩惠。牺牲是不会得到回报的。"

她笑了，但我知道她已经听不进去了。

我后背的疼痛就是从那天早上开始的。因为举起了不再是小孩子的小姑娘，因为忘记了自己的身体。先生用医生的口吻让我吃些止痛药。一天三次，他说着，把药放在了厨房的桌子上。我吃了一粒，然后两粒，还是痛，整个腰都疼，还扯着两条腿也疼。

　　他们上班，小姑娘上学之后，我走进夫人的房间。床头柜的抽屉里放着各种各样的药：肌肉松弛剂、来士普、氯硝西泮、佐匹克隆。我挑了几种放进口袋。有几个小时我还好，疼痛能忍，但临近傍晚，我把肉盘放进烤箱，突然，脖子一阵抽搐，一直延伸到脚底。我随手抓了两粒药丸，一粒浅蓝色，一粒白色，吃了下去。

　　洗菜板时，几个沙粒进了眼皮里。我用冷水冲了把脸，没有擦干，静静地等着。一滴水滴到了洗碗池里，风轻轻吹动无花果树的叶子，蓝色的火苗烤着肉。疼痛消失了。我摸了摸后背，什么也感觉不到，感觉不到疼痛，连我的手也感觉不到。仿佛在梦中。不对，不太确切。那种感觉就像死了一样，明白吗？玛拉·洛佩斯夫人，律师，46岁，每晚也要经历一次——死亡。

我躺在床上，我觉得我还与万物同在——床单、台灯、墙上哈哈大笑的污渍。在南方，我睡不着的时候，房间会变得模糊不清。窗外黑压压的一片，乡野将房屋连同我们一起吞噬。那种淡漠让我觉得很放松。夜幕落下，我们便不复存在。我们不在，夜晚仍在。那些物件也是，床、门、床头柜、天花板。这些东西早在我之前就有了。它们会比我活得长。想着想着，我闭上眼睛睡着了。

等待晚餐的时候，小姑娘会抓狂。不知道是从什么时候开始的。三四岁的时候，她已经彻底厌倦了食物。尖叫，扔玩具，踢墙。不是饥饿，对她来说这不算事儿。她只要坐在盘子前，就一脸厌恶地搅动鸡肉块，玩弄玉米粒，还一脸淡定地把豌豆一粒一粒抠出来，但前期的等待能让她狂躁。那天下午，我没搭理她。我没有要求她冷静，也没有让她去后院捡虫子。

可能就是因为这一点，她走进了我睡觉的房间，也许敲门了，毕竟是正儿八经的大家闺秀。她说：

"嬷嬷，有烟。"

"嬷嬷，有股难闻的味道。"

她在床边可能站了挺久。我没有听到。只有疼痛把我唤回了现实。小姑娘用尽全力地打我，一道道刺痛从我的臀部一直爬到肩膀。她紧握的拳头准确地打在我背上，就是腰部以下的位置。

嬷嬷。

嬷嬷。

嬷嬷。

嬷嬷。

我本可以扇她一耳光，给她一拳，让她一边叫喊一边揍她一顿。放心，我没有。我小心翼翼地转过身，生怕闪到腰，我轻声细语地说："我们待会儿再吃，我站不起来。"

她生气地看着我，更加用力地打我。

我告诉她："我得等一卜，腰特别疼。"

没用，继续打我。

我解释说，那是一种可怕的疼痛，就像她的脚上次被蜜蜂蜇了一样。

她没有反应。最后，我抓住她的手，死死地捏住，我说：

"小王八羔子，蠢货，滚出去。"

我不想跟一个被宠坏的孩子解释。

我回到了厨房，由于药物的作用，整个人迷迷糊糊，不在状态。厨房里烟雾缭绕，闻起来像烤焦了的肉。我把盘子从烤箱里拿出来，食物变得像焦炭一样。我挑了挑，拿出一块，切成小块。我把肉和米饭放在盘子里，放到厨房的桌子上。工作日的时候，小姑娘经常在厨房吃晚饭。先生和夫人吃得晚，他们在餐厅吃。洗完所有餐具之后，我最后一个吃。

电视一如既往地开着。一个老太太正用手指着空地。她的牲畜山羊、马都死了。她说上游的水流被改道了。她说，全干了。她说，没法活了。小姑娘舔了舔嘴唇，喝了口水。这是她的开饭仪式，不一会儿她说："我饱了，嬷嬷，我不饿。"

她双脚撑在椅子上，膝盖弯曲，与脸齐平，蜷坐在我面前，只露出两只眼睛。谈判开始了。

"再吃两勺米饭，姑娘，要长大就得吃饭，要思考就得吃饭，要生活就得吃饭。"

这一次，她没动。她环抱着双腿，十指紧扣。我拿起叉子准备给她喂，就像她小时候一样。她突然站了起来，把盘子推到桌子中央，走出了厨房。我没有阻止她。如果她想挨饿，那是她的问题。

她把厨房门关上，我听见她在搬动餐厅的椅子，然后坐了下来，清了清嗓子，和她母亲一样。疼痛又来了。甚至延伸到了我的耳朵，耳朵里很疼。接着，我听到她的声音从餐厅传来：

"埃斯特拉，给我把饭端过来。"

这是她第一次叫我的名字。"埃斯"说得慢吞吞的，"特"的发音太重。埃——斯——特——拉，那语气像夫人，也像先生。我的名字从她嘴巴里念出来，听着可真够难受的，我也不明白原因。可我又有什么好期待的呢？毕竟那就是我的名字。

我起身，背部的神经都僵了，我根本站不直，只能弯着腰走。我抓起她的盘子，发现自己的手都在抖。不对，不对。细节很重要。是全身都在抖。小姑娘坐在餐桌她的固定位置上，挺直了脖子在等她的晚餐，那样子和夫人一模一样。我从右边走过来，把盘子放在她面前。她就在那里吃饭。在她家的餐厅里。由那个随时都会痛死的女人端着饭菜。

我们休息一下吧。我坐得腰酸背痛。你们给笔录画个句号，让我今天好好睡一觉吧。

有些东西不是后天习得的，天生就会。呼吸、吞咽、咳嗽，都是我们无法阻止的行为。

每天下午4点，小姑娘都要加餐。不是4点半，也不是5点。4点整，我必须从架子上拿一个盘子，从抽屉里拿一把刀，从冰箱里拿出黄油和果酱，给她准备好烤面包和一杯牛奶。面包有时候吃一半，有时候咬一口，含在嘴里，几分钟后又吐到盘子里。牛奶她要喝。一杯温热的纯牛奶。吃完后我把餐具洗干净，面包屑清理干净，黄油和果酱放进冰箱。

她喜欢在熨衣板旁边做作业。抿着两唇，挺直脖子，胳膊肘永远不在桌子上。食物被送进口中，那张嘴从不主动找吃的。我看着她打开笔记本，拂去额前的一绺头发，直起腰板。接下来，她面朝前方，嘴巴里一直重复着词语。她在记新词，眼睛直勾勾地盯着某个角落。而嬷嬷，正在厨房的角落里熨衣服。"眩晕""眩晕""眩晕"。

一天下午，她练字，学数学。完成后，她说她想熨衣服。我拒绝了她，手里继续熨她的睡裤。我没有生气，如果你们想问的话。往我嘴里塞泥巴的事情已经过去了，打我背的事情也过去了。怒火，如果可能的话，应该发泄出来，这是母亲说的，因为她发现索尼娅从她钱包里拿钱，还曾遇到商店的老板拒绝赊账。小姑娘一听到我拒绝她，大叫起来。一个大家闺秀竟然想干这个，熨衣服。

我解释说，熨斗很烫，蒸汽会把皮肤烫伤。

"你连熨衣板都够不到。"我说着，从一堆衣服里拿出一件上衣。

她站起身，放下笔记本，开始在厨房里跑来跑去。她的两条腿又一次躁动起来。她张开手臂从一边跑到另一边，见什么扔什么，笔记本、果盘、刚刚熨好的衣服。

途中，她的手挂到熨斗线了。怪事发生了。熨斗摆动了一下，厨房好像也摆动了一下，一次意外便随之被解除了。但这还没完。现实总是披荆斩棘，盛气凌人。熨斗开始落向小姑娘裸露的胳膊。

一开始我就说了。打喷嚏、眨眼、咳嗽、吞咽，有些行为是不用学的。那块铁疙瘩冲向了她的胳膊，我用手掌把它拦截了。嗞，这声音和大蒜在锅里翻滚的声音如出一辙。接下来，一阵沉寂。有那么一瞬间，就在她尖叫和我被烫伤之间，我离开了那里。我脱身到了现实之外，厨房之外，从很远的地方，看着熨斗在那个女人的手掌上烙下印痕。

烫伤需要几个星期才能痊愈。我的皮肤从红色变成淡粉色，然后变成光滑柔嫩的白色。就在这里，你们看。要不是你们在墙那边，我真想让你们过来摸一摸。伤疤很神奇，你们想过吗？它肯定是皮肤最柔软的地方。也许我们生来如此。我之前从未想过，一个触目惊心的伤疤，是未来伤痕累累的预兆。

你们一定很生气。你们也不容易，连续几个小时在这里听故事，结局都还没等到。你们肯定认为，我在试图分散你们的注意力，用一堆毫无意义的故事来争取时间。先生的故事、夫人的故事、小姑娘生前的故事。你们错了，我没有时间需要争取，也没有时间可以失去。我要讲的事情就像水蒸气、万有引力一样，意义重大，是因果关系，有因必有果。

后院那棵无花果树我讲了吗？秋时修剪树枝，夏时修剪树叶。8月的风吹动树枝，便能闻到一股甘甜的气味，那是它未来的味道。2月，当黑色的果实挂满树枝，我不止一次地闻到它腐烂时厚重而温热的气息。时光就在一棵树上；一棵树上有岁月。

我在后面那间屋里半睡半醒，只听到花园里有敲击声。我想是下雨了。我都不记得圣地亚哥上一次下雨是什么时候了。终于下雨了，是的。大地会吸收雨滴，河床会被填满，溪流会沿着山脉干涸的沟壑流淌。我记得，我在淅淅沥沥的雨声中摇曳，我知道衣服还晾在外面，我得再洗一遍，第二天上午就得挂起来，否则一天的工作流程会被打乱。无所谓。我不想起床。雨越下越大。空气变得愈加潮湿。花园里即将爬满蜗牛。百合花即将绽放。李子树的树根即将长出青苔。我闭上眼睛，呼了一口气。雨声更大了。我不知道这场大雨能给我带来什么安慰。

过了一会儿，天亮了，太阳出来了，一如既往的热烈。我站起身，焦急地从洗衣房的窗户向外望去，只见花园里明亮整洁，水珠悬浮在树叶上。

屋外，衣服在干燥的微风中飘荡。露台已经干了，草坪依然干燥。没有下雨，可我听到了，还听到了潺潺的流水声。这时，我注意到了无花果树干周围的暗影。

我再次认为下过雨，那是雨后的积水，但很快我就弄清楚了。树上的无花果全掉了。我打了个寒战。一种不祥的预感涌上心头。母亲早就提醒过我，大地正在从内部开始逐渐干涸，迹象十分明显，田间地头是不会说谎的。我小的时候，经常下雨。母亲常说，北晴南阴，大雨将至。但是雨水少了，湿地干裂了，有些树枯死了。母亲早就说过，干旱来了，大家都在讨论干旱。干旱来了，孩子，我们得做好准备。

正想着，夫人的声音吓了我一跳：

"你看到了吗，埃斯特拉？"

我当然看到了。无花果树很快就会枯死，它已经失去了自己的未来。

夫人让我清理干净。"否则，"她说，"果糖粘到露台的地上会变硬。"于是，我拎着水桶，把爆开的无花果都捡起来，粘在地上的也拖掉，全部擦干净，没错，不留一丝死亡的痕迹。

那棵树再也没有变绿，在此之前我就看到了因果。几个月后，来了几个人把它砍掉了，然后装了一袋木柴带走了，仅留下了与地面齐平的树根。上面的年轮小姑娘数了好几次。50。52。每次都不一样，可又有什么意义呢？不管你死于 40 岁、60 岁还是 7 岁，都不重要。生命总有开始、中间和结束。可能是一场干旱、瘟疫、流感、一块石头。死亡迟早会来敲门。第一次是提醒、是恐吓、是虚惊一场。无花果树就是这个家庭的死亡提醒。只不过一来就是三个，因为母亲常说："孩子，死了一个，总会再死两个。"

你们知道，杀害一只动物并非易事。我说的是杀害，没错，这是一个指责和控告用的词。你们肯定有过这种经历，出于恐惧或迫不得已，杀害一只动物。比如一只苍蝇，一只苍蝇在你们耳边嗡嗡作响，从一只耳朵飞到另一只耳朵，就在你们现在待的地方，你们会因为这只苍蝇抓狂。也可能是一只可怕的、可能致命的蜘蛛。抑或是一只蜜蜂、一只马蝇、一只蚊子、一条鱼。

　　不久前，邻居家的几个孩子杀害了一只流浪猫。他们把猫逼到墙角，用石头砸，然后拽着尾巴拖到街上。我在前院耙落叶时，看到猫被他们丢在了柏油路上，他们躲到一棵巨大的木棉树后面。我不知道他们在等什么，猫已经死了，直到我听到一辆车开过来。车猛地一刹车，你们明白吗？车想停下来，但来不及了，轮胎直接轧了过去。

　　在我看来，鲜血和鲜花是孪生。司机下了车，双手抱头。孩子们蹲在地上，憋着笑声，只有最小的那个孩子没有笑。他看到了地上的动物尸体。他看到了汽车碾轧过尸体。他看到那个人抱着头。他看到了亦是鲜花亦是血的红色。那个孩子在他年幼的时候懂得了苦难。而我，正耙着橘子叶，把它们堆到一起，祈祷着不要吹风，否则我得从头再来。我当时想，记忆就是这样形成的。日后，只有那个孩子记得这只猫的死亡，并且永远知道他可以杀死一只猫。至于小姑娘，她会明白沉默的代价。她坐在前院，假装玩洋娃娃，其实早就悄悄跟过去目睹了一切，猫被石头砸、惨叫、车祸、大笑。这个孩子已经理解了死亡，虽然你们难以置信。

每周三，她都会提前放学回家。1点钟她就下课了，2点钟我开始跟她斗智斗勇，只为了让她吃午饭。

"有些孩子肚子都吃不饱，饿死了。"我说。

"他们没有面包，没有午餐，你就是被惯得啦。"

过了一会儿，夫人打电话问她的女儿吃了多少。

去儿科看了医生之后，先生说，她很瘦，很憔悴，非常危险。没办法，让她吃点实在的东西，根本不听。牛奶，她喝。偶尔吃些麦片、几颗葡萄，面包根本不吃。

每周三下午3点整，铃声准时响起。家教老师一次不落，非常准时，每次一来就向我点一杯茶，然后挨着小姑娘坐在餐桌旁。那时候她刚满 6 岁。6 岁的她就把腰板挺得笔直，在学业上全速前进。她已经会算加减法，区分奇偶数。我听到她在重复，"2、4、6、8、10"，"1、3、5、7"，"海王星、金星、地球、火星"。

她 3 岁时参加了公立学校的考试，他们说过这件事吗？夫妻俩花了几个月的时间讨论哪所学校更适合女儿。最后，他们选择了一所英语学校，那里有音乐和美术课，说不定女儿将来会成为艺术家。他们俩带着女儿去参加考试；父亲、母亲和中间那个面色苍白、指甲被咬烂的小姑娘。入学考试进行到一半时，心理老师离开考场，要求和父母谈一谈。那个小姑娘，他们可爱的小女孩，摆放完长方体，背完颜色和倒着数数之后，扑向了同桌的小女孩。她一口咬了同桌的胳膊，出血了，伤口红肿，接着便是惨叫声。小姑娘对父母的教导心领神会：要想成为第一，就必须让别人落后。心理老师一直建议他们让孩子接受治疗。老师说可以去小一点的学校，但最后，因为有关系，小姑娘还是被录取了。

家教老师一开始上课，就有意转移她的注意力。她会问小姑娘，难道不想画水彩画吗？愿不愿意告诉老师周末做了什么？想不想去外面跳房子，或者看会儿电视？老师是为了她好。停一停，不让她在高处感到孤独。可是小姑娘总是想要更多。她想得到奖励，想每天晚上在爸爸面前炫耀：

"爸爸，听听我学了什么，看着我，看着我：老态龙钟、撑肠拄腹、原生动物、平行六面体。"

家教老师也建议家长不要再补课了。这件事就在前不久。你们可以问问先生。老师打电话告诉他们，孩子的学习进度太快了。她不需要再加强了。老师看得出来孩子很有压力，不快乐，如果再这么坚持，只会适得其反。他们勉强同意了。

"好吧。"先生说。

接着他顿住了，犹豫了一下，挂断前他又说：

"我们3月份再继续。"

但又立即纠正了。

"最好是2月最后一周，热热身。"

没有家教课的第一个星期三，小姑娘变了……也许是开心。她甚至忘了自己以前的脾气，还狼吞虎咽地吃了一些玉米饼和蔬菜。但3点钟的时候，我被门铃声吓了一跳。是我，我被吓了一跳，小姑娘却是一脸痛苦地看着我。没人通知我有人要来，又正好是3点钟。不可能是老师。我亲耳听到孩子父亲电话里讲的，课程推迟了。我让小姑娘在院子里等着，然后拿起电话。

"喂。"我说。

那边说：

"钢琴。"

没错，我没有夸张。夫人和先生确实买了一架钢琴。我觉得很奇怪，我怎么不知道，就给夫人打了个电话。

"没错，你给他们开门。"她是这么说的。

在小姑娘惊讶的目光中，两个男人安装好了钢琴。还有一个人又高又瘦，留着长发，戴着厚厚的眼镜，手指在黑白键上划过来划过去，花了一个多小时。当他满意之后，他问有人想试试吗，他说的是"有人"，但不包括我。

星期四，当我正在用吸尘器清理地毯和百叶窗时，电话响了。是学校护士打来的。

她打电话找孩子的家长或监护人。

"他们不在。"我说，"您需要留言吗？"

她提醒我说，情况紧急，她打过手机了，没人接，现在必须有人尽快赶到学校，把小姑娘送到诊所。她说的是"有人"，这次是我。

我脱下围裙，梳了梳头发，穿上裤子和T恤，坐上公交车。学校离家有半个多小时的车程，到了学校我还以为自己走错了路。大门前有保安，前台有一个巨大的金属探测器。我不得不把身份证留在那里。如果你们需要的话，身份证应该还在那儿。小姑娘的尖叫声让我在后来离开时搞忘了。我从接待处听到了她的尖叫声，赶紧跑进去。

左手的食指颜色青紫，指尖弯向完全不可能的方向。我一阵眩晕，浑身发热。我感觉我自己的手指变形了，喉咙突然涌上一股苦涩的液体。估计护士意识到我快晕倒了，她明确表示骨折不是很严重。她详细分析了受伤的可能原因。没人说得清到底发生了什么。事情发生在数学课上。小姑娘一个人坐在后面，尖叫的时候，旁边没有人。

我觉得她解释得再详细也没用，我根本不需要。小姑娘的手指骨折了，而且不是意外。是她自己弄断的。右手把左手的手指弄断了。

我们一离开医务室，她就不再尖叫了。

"要么你闭嘴，要么我告发你。"我说。

就这样我弄清了事情的经过。我们坐上公共汽车，我带她去了医院。我把她带到了医院，而不是诊所，因为我知道先生和大人一定能喊破大。如果家里没有现金以备不时之需，我怎么会想到把手指骨折的她送上公共汽车，这是一种怎样的鲁莽，令人发指，不可饶恕。

等了三个小时才轮到我们。在这三个小时里，小姑娘一直不说话，检查着自己的右手。她看的就是右手，你们听到了吗？好的那只手。那只可以摧毁身体任何其他部分的手。

医生说需要三周时间才能痊愈，并给她打了石膏，固定住她的手腕和淤青的手指。看到小姑娘如释重负的样子，我承认我也叹了口气。三个星期不能弹钢琴。三个星期，或许她可以开心了。

前两周还没结束，一天晚上，先生把我叫到餐厅。他们晚饭吃的是土豆饼，我以为他不喜欢。遇到他不喜欢吃的饭，我就必须给他做牛排，但饭菜很好，他需要的是一把剪刀。

他说要那把大的，花园里的那把。然后等着我回来。

他让小姑娘把胳膊放在桌子上，从手肘到手指，他把石膏剪成了两半。手刚一露出来，一股酸味跑出来，她的手指没事了。很直，也不肿了。

"把棉花和酒精拿过来。"他说。

这是给我下的命令。给小姑娘的命令是动一动手指，一根一根做。用拇指碰一下小拇指。握紧拳头。小姑娘照做了。眼睛泪汪汪的。

"好。"先生说。

"好，好。"他重复道。

然后他说，小姑娘接下来只要加强肌肉力量就可以了。让手指尽快恢复。他看了看角落。钢琴，很幸运，是理想的训练器材。

一天下午，不记得哪天了，我出去买东西。

杏仁

奇亚籽

牛油果

鲑鱼

我付了钱，把收据收好，出来的时候，雅妮在外面。我告诉过你们，我会讲雅妮的事，只是那时候它还不叫雅妮。它坐着，蓬乱的尾巴在地上扫来扫去，就在超市门口。我和加油站的小伙子见过它好几次了，甚至有一天下午，它还跟着我到了家门口。它看到我很兴奋。我不得不向后退了点，生怕它扑过来。我摆摆手，躲开了它，便回家了，但它一直跟着我到了家门口，之后悄悄离开了。

几天后的下午，我从厨房的窗户里看到了它。我讲过那扇窗户吗？非常独特。从脖子的高度一直到天花板。从外面看不到里面：保姆洗衣服、熨衣服、入迷地看着电视。从里面，保姆可以看到前院，监视院门口。雅妮就在那里，嗅着新开的天竺葵。它在寻找入口，把头伸进铁栅栏。最后，它选择了挨着隔壁的一角，伸进栅栏试了试，一使劲儿，进来了。

我没想到它能轻而易举地钻进来，那可是铁栅栏，不过它已经瘦得皮包骨头了。它低着脑袋穿过前院，走一步嗅一步，似乎在寻找我的气味，它在判断方向。也许这就是它不走大门的原因。它贴着墙一直走，直到发现连接前院和洗衣房的通道。

它一看到我在厨房，就高兴地摇尾巴。我没有赶走它，这是我的失误。那天晚上，母亲告诉我：

"不要养宠物，孩子，千万别养。"

我呢，自然是没有听她的话。我清楚地记得那是第一次，它的出现给我一种不真实的感觉，就好像它只能出现在加油站，趴在穿着工作服的小伙子脚边。它不应该出现在那里，在我面前。它不敢进厨房，就坐在洗衣房中间。

抱歉，我又讲别的去了，但我想澄清一下。我一直很喜欢动物。燕子、岭雀鹩、海狮。红头美洲鹫、智利窬鸟、南美林虎猫。"但是家养动物，"母亲说，"不能养。"要给它们吃的、喝的，还要洗澡，除虱，收拾座椅上的毛、粪便和爪印。这一切是为了和它们产生感情，最后让它们死在自己家里。还有更糟糕的，孩子，终究是为了杀掉它们，因为它们老了，到处撒尿，没用了，成了累赘。

我看了那条狗很久。它的头比身体的其他部分大太多了，一身浅棕色的长毛，长满了斑斑点点的皮癣，胸前的毛粘着黏糊糊的泥巴。我想这是真的，世界上有两种动物：乞讨的和不乞讨的，母亲常这么说。这条土狗什么都没要，它没有屈服于饥饿和干渴，它原路返回到钻进来的位置，又钻出去了。

好几天我都再没见到它，但幸运的是，它又回来了。当我听到它的声音时，我正在整理一堆购物袋，小姑娘在学校，夫人和先生都在上班。雅妮来了，身上的肋骨贴着墙。它又走到了从洗衣房到厨房的门，这次它在门楣下坐了下来。

我看了它许久才走过去。为什么跟着我？为什么用那种眼神看着我，它想告诉我什么？没一会儿，我冲它说了句话：

"你给我老实点，臭杂种。你别把我的厨房搞乱。"

它似乎在听，或者说是我愿意相信它在听。它左右摇晃着脑袋，似乎在想这个人什么时候才敢靠近它。最后，我壮了壮胆。我跪在地上，离它很近，可能有点太近了，我伸出手让它闻闻。这是母亲的手势，简短的投降。它退开了。

"傻瓜，"我说，"我又不打你，这点儿信任都没有。"

雅妮似乎重新思考了一下自己的选择，鼓起勇气闻了闻我的手指，还用粗糙的舌头在手掌上舔了舔。我觉得痒痒的，就把手收回来了。

"真恶心。"我说，但我们的交易就此达成。

我蹲在它身边，检查了背上的毛，又检查了每只爪子的垫子，几乎全黑了，又因为水泥和高温，肉垫已经硬化了。右耳朵里有一块粉红色的癣斑，身上很多跳蚤，还有一只我用指甲抠掉的虱子。它一声不吭，任由我的手，就是这双手，抚摸和检查它的身体。当它明白仪式结束时，高兴地站了起来，像旋风一样抖了抖身子。

我决定给它一些水和一块面包，但我想先给它治一下皮癣。我从急救箱里拿了一些药棉、去氧氟沙星和一块面包回来。我给它的耳朵上药，抚摸它。如果它要和我在一起，就必须接受训练。它必须学会安静，学会在必要时离开。最重要的是，要控制它的饥饿感。因为饥饿是最可怕的弱点。

我刚把手放进口袋，雅妮的身体就僵住了。

"别动。"我一边掏面包一边小声说。

"别吃。"我命令它，并把面包放在地上，就在我和它中间的位置。

"不，不，不。"我一边说，一边慢慢后退。

我用手指和嘶哑声威胁它，我说了四五次不要离开它的位置。它一秒钟也没有反抗。等我后退到足够远，它一下子就扑过去，连嚼都没嚼就吞了下去。

它看似很痛苦地扭动着。我看到肋骨深深地刻在皮毛上，腹部凹陷，伤痕累累。

"这可不是吃东西的样子。"我警告它。

又蠢又不听话。

"慢点儿吃。"我说。

要享受食物。

我不知道它听懂了没。估计没懂。水几口就喝完了，等到地上没有一粒碎屑，碗里没有一滴水时，它抬起了头。那是一种野性的目光。它还想要，想要更多。

它站起来，露出肮脏而锋利的牙齿。该死的杂种，忘恩负义。不过接下来的事更糟，它发出一声咆哮，然后是一阵雷鸣般的犬吠。我告诉它不要叫。

"别叫，臭狗子。"

它又叫了一声，又叫了一声，还叫。邻居们会发现的，他们会问夫人，这只新宠物叫什么名字。况且，他们俩随时会回来。它必须学会闭嘴，学会保持安静。

"不。"我说着，举起了手。

"嘘——"我重复道，"你会被发现的，臭狗子。想多吃就得闭嘴。"

但是雅妮，不，此刻它不叫雅妮，叫臭狗子，不要脸的狗杂种、祸害、不祥之兆，这才是它本该叫的名字。雅妮，我可爱的狗狗，咆哮得失去了理智。

我紧紧握住右手。

"最后一次，"我说，"闭嘴，你个混蛋。"

它不懂，根本无法抑制自己野兽般的饥渴。

当我的拳头刚刚挨近它时，它就感觉到了。打在头上时，它还睁着眼睛。我用尽全力砸向旁边的砖墙。雅妮发出了最后一点叫声，终于闭嘴了。

我痛苦地跪在它身边。右手仍然紧握着，但我的拳头、手臂甚至整个身体都在颤抖。那一刻，它本可以复仇。可以把它的獠牙插入我的脖子。不知道当时打它的时候我是怎么想的。每次让它进来给它食物时，我在想什么。每次抚摸它的时候，我又在想什么。只记得当时我张开手，看到手掌上有四道细小的血痕。我的指甲裂开了四个口子，血在往外流。

"对不起。"我说。我为自己感到羞愧。在一条狗面前，一只野兽面前，我脸红了，跪在它身边。

　　我不假思索地再次向它伸出了那只手。就是那只手给它疗伤，给它喂食。也是同一只手惩罚了它。它弯下腰，毫不犹豫地舔了舔那只手。我久久地抚摸着它柔软的脑袋、那只可爱的、糊满眼屎的小眼睛。

它没有再来过，我承认，我很想念它。我想念它的陪伴，于是我出去找它。

　　我担心会发现它被压在卡车的轮胎下，或者感染了狂犬病，鼻子冒着白沫，眼睛快从眼眶里掉出来。或者被邻居家的孩子抓住，吊起来，浑身涂满蜂蜜，被美洲鹫、叫巨隼和其他可恶的动物啄食。这个画面压迫着我的胸口，于是我知道了我爱它。

　　每当我爱一个人，我总会想象他的死亡。小时候，没有什么比母亲的死更让我害怕，晚上我想象火灾、子弹、车祸、意外。我知道这是谋杀的念头，但我控制不住。我在做准备，能理解吗？提前感受痛苦。

　　我买了夫人要的脱脂牛奶和米饼，走出超市，在加油站，我看到了它，就在小伙子的椅子下面。我心里松了口气，过去跟它打招呼，几乎是跑了过去，但它一看到我就躲了起来，哼叫了一声。小伙子安抚它，抚摸着它的耳朵。

"安静，小狗。"他是这么说的。

尾巴在地上拍来拍去，小伙子笑了。他的眼睛也是笑眯眯的。我仍记得，他眨眼时，那双细长的小眼睛笑了。那条狗一下跳了出来，鼻子凑近我的围裙口袋。我买了一块骨头，本来打算下次它来看我时给它，但我当场就毫不犹豫地递给它，也许母亲是对的，我们人啊，就是这样。我抚摸着它的头、柔软温暖的耳朵，让它舔了舔我的手，便决定回去了。

离开的时候，小伙子问我那条狗是不是也进过我家，显然它习惯了乞讨，从一家到另一家，从一个厨房吃到另一个厨房。我点了点头，但解释说那不是我家，不是。

小伙子又笑了。露出了粉红色的牙龈，和小孩子掉了乳牙的牙龈一样。我看到了他干燥的、厚厚的嘴唇，嘴角没有弧度，是一条不喜也不悲的直线。

"你从哪里来？"

他问我。说话时，那条狗一直看着他。我想，它喜欢他。那是一种崇拜的眼神。他告诉我，他来自安托法加斯塔，他厌倦了采矿。

"活多钱少，"他说，"谁受得了。"

雅妮肚皮朝天地躺着，小伙子在它的皮毛上画着圈圈。我记得他看起来既年轻又苍老。年轻的脸，苍老的手；年轻的声音，苍老的话语。我当时是这么想的，或许现在还是这样认为。

"你抽烟吗？"他说着，递给我一支烟。他身后是禁止吸烟的标志。我摇了摇头，我们不再说话。

"要不我给你讲个笑话？"他接着说。

我母亲讨厌话多的人。每次我们带着邻居、情人、海梅的对象这些八卦离开面包店时，她都会心情不好。她皱着眉说，面包师是吞了一台收音机吧。小伙子不停地说，烟雾缭绕着那些话，但这并没有影响我。雅妮继续躺着，被小伙子抚摸得很舒服。他给我讲了一个笑话。我听了哈哈大笑。我们都笑了，我听到了快乐的笑声。如果你们愿意，我讲给你们听，也许这个笑话很重要：

嘿，老板，亡灵节休息不？

你们死了？

没有。

那就干活！

我们笑了很久。停下来之后，我说我得走了，然后蹲下来摸了摸雅妮。

"再见。"他说，然后我就走了。

第二天，电话门铃响了，我从厨房的窗户望出去。我认出了那件橙色工作服，小伙子走了，而雅妮，我的雅妮，穿过铁栅栏，再一次绕着房子转了一圈，然后从洗衣房探出了脑袋。

我一直明白这不是个好主意，这个故事的结局不会好，可是我一看到它就特别开心。我准备了一碗牛奶、一碗清水，把面包放进口袋里。

它探出脑袋想进来，但我说"不行"，它就站住了。它懂这个规矩。它闻到了午餐——砂锅鸡肉饭——的香味时，它等不及了，长叫了一声。我再次说"不行"，然后把那块面包给了它。它当然明白。不能叫，也不能进来，但可以时不时到洗衣房来，吃一块面包，喝一点牛奶，水随便喝。

从那天起，它时常来看我。有时一周两个下午，有时三个下午。如果夫人和先生都在，我就会夸张地挥动手臂赶它走，它会顺从地退回去。如果只有我一个人，我就允许它待在洗衣房，给它一点食物。就一点点，勉勉强强，这样它就不会依赖我了。

我不知道那段时间我在想什么。估计我当时在幻想严守这个秘密，直到有一天我离开那里，它也跟我走。你们以为呢？这个保姆没有幻想过离开？那样的结局一定很精彩：保姆脱下围裙，在绿树成荫的街道上奔跑，身后跟着那条狗，臭狗子，舌头伸得长长的，毛发随风飘扬。

那天下午，我正在擦地板。我把抹布浸湿了擦，洗了再擦，再洗，再擦，直到拧出来的水是清的。雅妮睡在洗衣房里。颤抖的皮毛吓跑了落在背上的苍蝇。小姑娘在房间里，她发烧了。先生说她感染了什么病毒，不能去学校，必须在床上休息。我要给她准备蜂蜜柠檬水、白米饭和蔬菜，还要监控她的体温。她的父母一再强调不能下床走动，可我却不当回事儿。

我不知道她当时去厨房干什么，只记得她后来的反应。洗衣房的门是开着的，雅妮就在门边。小姑娘突然两眼放光，就像病好了一样。

"是你的吗？"

她问我。

雅妮不是我的。它不属于任何人。这种狗不会属于任何人。可我没有这么回答。

"是我的。"我说。

"它叫什么名字？"

它叫狗，臭狗子，不要脸的狗杂种，有时也叫小可爱，小妞儿，小疯狗。

我没说话。我看了看小姑娘，看了看狗，又看了看小姑娘。我不知道它的名字是怎么来的。名字这个东西从来都是假的。

"雅妮。"我回答说。

小姑娘说它很漂亮，但其实很丑。皮包骨，毛乱糟糟的，眼睛也不好看，一条毫无姿色的狗，但我喜欢上了它。现在小姑娘发现了它，她会告诉父母，他们会把它赶走，接下来便是我。在那一瞬间，我觉得窒息，胸闷，手脚发麻。只有我的声音能让自己平静下来。我看着女孩的眼睛，蹲在她面前。

"这是一个秘密。"我告诉她。

她认真地点了点头。她很聪明，我说过。

她小声地问能不能过去摸一摸，没等我回答，她就蹑手蹑脚地走到洗衣房外，跪在雅妮旁边，摸了摸它的头。我长长地松了口气，我知道她也会爱上雅妮。我和小姑娘都会爱上雅妮。有时候，这一生，仅此而已，别无所求。

小姑娘假装病还没好，那一周我都得替她打掩护。我告诉夫人和先生，她发烧了，吐了两次，还是没精神，可怜巴巴的，就这样，我们三个在一起度过了五天。

很少有那么一周，雅妮几乎每天下午都来。小姑娘很开心。狗也很开心。只要小姑娘不出卖我们，一切都会很好。有一天晚上，她问父母能不能养一只宠物，圆眼睛、棕色的又大又老的狗。夫人狐疑地看着她，突然电话铃响了，就把这件事忘了。当时我真是恨死她了。不只是因为她大嘴巴。我恨她贪婪，什么都想据为己有。

时间流逝，不知过了多久，但也不算长。快乐总是供不应求，这句话你们找个地方记下来。

我说过，这个故事有好几个开头，可以是我到那里的第一天，也可以是我没有离开那里的每一天。但也有可能，故事的开头其实不是我的到来，也不是小姑娘的出生，更不是被蜜蜂蜇伤，而是那天下午，雅妮第一次跟着我，我却错误地准许它进来了。

我当时在洗衣房，正把床单往晾衣绳上挂。雅妮趴在地上看着我，半睡半醒，突然它跳了起来。我还从没见过它有如此反应。它后退了两步，背上的毛都竖了起来。我知道它胆子小，所以一开始我没太在意，以为它准是看到了角落里的蟑螂或者蜘蛛，谁知道呢？没准儿动物也会做噩梦呢？那天我的时间来不及了。我得在小姑娘放学回家前把床单晾好，用吸尘器吸尘，还要给外面的花盆浇水，抖一下客厅的地毯，再把垃圾拿到外面丢了。但是，雅妮的鼻尖对着一处墙角，断续地叫着，和任何一只动物一样，和人一样。我看见它了。

我从来不怕老鼠，那只也不怕。它外表潮湿，皮肤上毛茸茸的，尾巴上没有毛，颜色介于粉红色和铅色之间。我不怕，我再说一遍，但厌恶感让我后退了一步。不知它从哪个缝隙爬了出来，悄无声息地溜着墙脚走，不知道在找寻着什么。

我静静地盯着那只老鼠，但雅妮坚持不住了，它叫了一声，龇出了黄色的獠牙。老鼠停了下来，好像停下来就隐身了似的。它离我的脚只有一米多一点的距离，全身颤抖。它抬起头，盯着我的脸，还在抖。请你们把这件事记下来，虽然看起来不重要。刹那间，老鼠与我四目相对，我彻底淹没在了恐惧中。那种感觉从双腿一下子蹿上来，让我在这只动物面前手足无措。雅妮一定是闻到了我的恐惧，一阵狂吼乱叫之后，老鼠终于窜进了墙里的藏身之处。

那是我听到它们的第一个晚上。我躺在床上睡不着，突然感觉到一阵沙沙声。起初，我以为是风声，但没有一丝风吹过。我又听到了那个声音，而且更清晰了，我搞明白了那个声音是从屋顶传来的。它们在楼上，没错，肯定在那里，不仅一只。如果你看到一只，那就一定有十只，孩子，母亲都是这么说的，不会有错。肯定有成百上千只爪子从我头上爬过。一个老鼠窝，想到这里，整个后背连着脖颈打了一个寒战。那里日积月累了一堆污垢和垃圾。一窝肥硕的老鼠、湿漉漉的皮毛、野性的目光，这就是我想象中头顶上的画面。

不止我一个人听到了。我端着早餐走进卧室，带着又一个不眠之夜后的憔悴，我问夫人和先生有没有感觉到什么不对劲的地方。他们面面相觑，没有说话，然后点了点头。

"真恶心。"先生从床上坐起来说。

几天前，他们就听到老鼠在上面啃食。夫人甚至在花园里从眼角的余光瞥见过一只，但当时只是疑惑，觉得不大可能。

我的问题让这些老鼠变得有血有肉，真实无疑。不用想，它们已经无法控制了，没多久就能注意到：储藏室和厨房垃圾桶周围有老鼠屎，橱柜里有可疑的声音，围墙上闪过的黑影。肯定有成百上千只老鼠在他们头顶上繁殖，它们半夜起来吞食腐烂残渣。夫人说出了关键词：

"危险。"

那可不是城市里的小老鼠。

"它们携带可怕的传染病。"她说。

"汉坦病毒。"她瞪大了眼睛惊呼。

她可爱的女儿会感染病毒，发烧，死亡。

下午，先生带来了一个小纸盒，放在厨房的桌子上。盒子的一面画着一个骷髅头，上面用红色大字写着：远离儿童。盒子上详细说明了里面的物质如何影响神经系统，多长时间可以麻痹啮齿类动物，死亡的确切原因，防止尸体腐烂的技术。尸体会被干燥，变成空壳。甚至不需要收拾残骸。接触率已经被降到最低。

"很快就死了。"先生看完说明后，把盒子从桌面推到我的手边，说：

"辛苦你把它放好。"

这次也不算人情。他们的保姆必须戴好她的黄色手套，撕开封条，将手指伸进那些蓝色的小颗粒。谁知道为什么是蓝色。在一切可能的颜色中，毒药是天空的颜色，是大海的颜色。

我告诉先生放心，我会在当天下午处理好。家里只剩我一个人的时候，我打开盒子，踩下垃圾桶的踏板，看着蓝色的颗粒掉到垃圾桶底部。

一想到要动阁楼的门，我就害怕得不得了。再想到把头探进鼠穴，我真是噩梦连连。我甚至能感觉到它们的爪子踩过我的胳膊，顺着脊背一直爬到脚。不，绝对不行。于是，我把毒药扔掉了一半。正好，现在你们拿到了我撒谎的证据。

那天晚上，他们在餐厅吃晚饭，先生问我毒药的事情。他眼里闪过一丝邪恶，问我有没有看到老鼠窝，让我描述一下长什么样子，有多大。在漆黑的阁楼里老鼠是不是都咽气了。小姑娘一脸茫然地看着他们，看着她的父亲、母亲。她家阁楼里发生的故事，在一堆疑问句中完成了讲述。

"埃斯特拉，是不是特别多？"

"恶心吗？"

"你看见它们怎么死的吗？"

有时候，点头就够了。

奇怪的是，几周之后竟然听不到老鼠的动静了，就好像我的谎言将它们一网打尽，或者它们吃了垃圾袋里的毒药，又或者，房子里根本没有老鼠。也许那只是一只老鼠，现在正躺在一只流浪猫的嘴巴里。我把那盒毒药放在碗柜顶上，之后就忘了。他们都忘了。大家宁愿不记得这件事。

自此，一切如电光石火。你们得坐直了仔细听。我告诉你们，朋友们，或者你们想让我怎么称呼都行。你们给接下来的事情标一个星号，我要开始摊牌了。

事情是这样的。这次给你们抄近道。

小姑娘在厨房的餐厅里做作业。她正气鼓鼓地临摹字母表的大小写字母：A a、B b、C c。她早就会读写了。父亲甚至给她教了"听诊器"、"青霉素"这样的词语。她讨厌做作业，那天下午，她对着一堆作业本无聊地发牢骚。父亲的裤子、母亲的运动衫和她的纯棉睡衣已经熨得平平整整。雅妮身子蜷成一团，趴在洗衣房。

过了一会儿，小姑娘实在忍不住了，合上本子，在厨房里走来走去。我让她去花园里玩，去捡虫子，跳绳跳到两千五百二十下。我命令她数步数，画海底动物，练憋气。要是她听我的就好了。

那天是星期二，我刚才说了吗？每周二和周五都有垃圾车经过，6点前把垃圾袋拿过去最好。7点公共垃圾桶就满了，必须把里面的垃圾压一下才装得进去。我讨厌接触那些袋子。诡异的温度，不知从什么洞或缝隙里渗出的液体。最好早点去。永远当第一个。当时应该是五点一刻，垃圾箱还很空。我给黑色垃圾袋打了个结，告诉小姑娘别乱动，一分钟我就回来。

我穿过大门，走到垃圾桶，没想到居然装满了。其他人比我先到了。居然连一毫米的位置都没有了。我环顾四周，就像有人在故意捉弄我一样。然而那些黑色垃圾袋就堆在那里，都快漫出来了。

没办法，我只好仔细挑选了一个角落，不碰到任何软的，看起来湿乎乎的东西，然后用手掌向下压了压。我听到了玻璃声、易拉罐声和东西碎裂的声音。接着，一种温暖的物质传感至我的手掌。我一边用力，一边把视线转移到一棵李子树的树冠。太阳还高高挂着，穿过树枝和微红的树叶照向大地。下面，黑色的袋子和黑色的气味包裹着我的手指。我把垃圾甩进去，盖上了盖子。

现在，臭味来自我的身上。酸味、霉味、鸡蛋味和血腥味。熏得我一阵眩晕，我停下脚步，把脸朝向天空。那是个阳光明媚的日子。大概过了几秒钟。可谁又知道时间会不会折叠呢？

我回到屋里，走进厨房。强烈的阳光和室内的反差让我睁不开眼睛，一时间，屋里所有东西都笼上了一层光晕，直到我看见小姑娘才恢复过来。她正从里屋走出来，笑得前仰后合。

不对不对。把这句删了。

小姑娘还没出来。我看到她正在穿我的围裙。每逢周一和周二，她的小胳膊就穿过我的袖子，格子布一直垂到膝盖。她在磨砂门的门槛上停了一下，但很快她看到了我，就问我：

"我是谁，我是谁？"

我不知道该怎么回答她。一句话也说不出来。我的手沾满了馊水，散发着腐臭。小姑娘跳出了房间。

"我是谁，我是谁？"

很快，她觉得没意思了，就走到储藏室，打开门，拿出一公斤面粉，看着我。

"我去和面了，孩子，别打扰我。"她说，"安静点儿，孩子。跳绳去，跳一千五百下。"

她打开面粉袋，摊放在台面上。面粉簌簌地掉了一半，地上扬起一片白色的粉末，淹过了她的膝盖。接着，她走到洗碗池，接了一杯水，然后把一半倒在台面上。一堆糊状的物质沿着橱柜边滑落下来。小姑娘又把剩下的水加了进去，一片淡黄色的液体在她的脚边堆积。她看到后，踩了上去，鞋底全部粘满，接着，她开始在厨房里跑来跑去。满地的脚印，黏糊糊的，像胶一样。

你们可能要问，我为什么不拦着？为什么我没有连推带搡，冲她大吼，再把她推进浴室冲个冷水澡。听我说：我的手还在散发着恶臭，都不知过去多久了。小姑娘回到橱柜前，捏了一团面糊糊。一只手托着，向我走来。我的那件围裙，粘满了淡黄色的污渍。我的手上全是垃圾，我把皮肤绷得紧紧的。小姑娘正拿她的脏手在围裙的胸口部位蹭来蹭去，她把脏手放在了我心口的位置上。

现在，注意听我说，并记录下面的内容。那种感觉非常清晰，如洪水般袭来，甚至让人畏惧。我不知道还能如此纯粹地仇恨一个人。

我应该让她停下来，穿上自己的衣服，跪下来擦地，用舌头把污渍舔干净，用指甲把瓷砖缝中的面粉抠干净，她应该感觉到了我的愤怒。看得出她的胸腔一鼓一鼓的，就像那只老鼠的身体在激烈地搏动，充满恐惧。我看到她的眼睛湿润了，很快就要哭出来了。但她的恐惧可能还没到一定程度，或者说，她看着我的时候，注意到了我的手。我的手在颤抖，那双又脏又臭的手在不受控制地颤抖。小姑娘一定是想起了她是谁，我是谁。

她挑衅地看了我一眼，手里调整了一下那团面糊糊，蓄势待发。接着，她用尽全力把它抛向空中。我们俩被吓到了。先是"砰"的一声，然后屋顶一阵轰响。

它们又出现了。它们哪儿都没去。

小姑娘向我冲过来，抱住我的腿。我还愣在那儿琢磨，楼上怎么突然没动静了，那些老鼠似乎在等待时机，稍有风吹草动，一哄而上。小姑娘低声呜咽。楼上成百上千的老鼠被她刚才的脚步声惊动，又是一阵轰响，从我们头顶窜过。

这时，传来了让我终生难忘的声音。夜里，即使是在这里，那个嚎叫声也一直困扰着我。这回不是老鼠。声音来自洗衣房。那痛苦和恐惧的嚎叫来自我的雅妮。

我从门缝里看到雅妮在外面，眼睛瞪得像铜铃一般。那天下午我没看到它来，我以为它很好，很健康，我真的以为什么事都没发生。我一心只想着洗手，打香皂，清理一下指甲缝。但是那道光……哦，它眼里的那道光。

小姑娘跟在我身后，我们面朝洗衣房的门，不知道在等什么，但我们都预感要发生大事了。没有办法，只能干等着一切的到来，就像等待日出一样。

雅妮提起上唇，露出锋利的犬牙。

"不行。"我坚定地对它说。

不行，不行，不行。

雅妮很温顺，我说过的。听话、温顺，但任何人都有底线。它也是，我也是，甚至你们。

口水顺着它的嘴角如线一般滑落，脊背紧绷，做好了随时出动的准备。雅妮猛地一冲，向我扑来。我向旁边一跃，躲开了它。或者说，不是我，是我的身体躲开了。而我身后，是那个穿着围裙的小姑娘。

有些不幸的事情很怪。有人会说，事情发生得太快，根本来不及反应。但这件事不一样。曾经一度平静的我们，就像处于暴风之眼——狗、小姑娘、老鼠、垃圾。雅妮张开嘴，尖利的牙齿刺进了小姑娘光滑洁白的小腿。她没出声，什么反应都没有。雅妮松开后，她才痛得大叫起来。

雅妮吓得连连后退，发出了一声哀嚎……仿佛在请求我的原谅。求我原谅它的残暴行为。它回到洗衣房，躲在角落里，垂下了脑袋。我这才注意到雅妮身上的血迹。它的后腿也在流血，被一只老鼠咬了，可恶的大老鼠居然把牙齿扎进了雅妮的肉里。一定是天花板上的撞击声把雅妮吓坏了，才不假思索地冲小姑娘发动了攻击。这就是恐惧，别忘了，它会不假思索地发动攻击，老鼠先发制人，雅妮只是下一个。

鲜血在它肮脏黏稠的皮毛上凝结。小姑娘的血从小腿流到了袜子的白色花边上。我看着她们俩。小姑娘脸色苍白。雅妮野性的神情我还从未见过。

我没有丝毫犹豫，把雅妮扔了出去，一声尖锐、干涩的哀嚎，一声失去爱的叫声。

"滚出去，臭狗子。你死定了。滚。"

这是我的原话，记下来。文字很重要。雅妮一瘸一拐地走出洗衣房，绕着房子走了一圈，然后走了。现在我有时候觉得，那是我最后一次见到它。之后来的那条狗是雅妮的灵魂，它来和我告别。

小姑娘哭喊着，泣不成声。雅妮的两颗尖牙刺穿了她的皮肉，现在根本没办法让她平静下来。我把她抱起来，让她坐在椅子上，然后蹲在她面前。我让她冷静下来，我去拿酒精和药棉。如果她不停止哭泣，我就没办法上药。我擦掉了流下来的两道血痕，用药棉在那两个小洞上按了几分钟。女孩呻吟着，看着自己的腿，眼神有些奇怪，就像是直到这会儿，她才意识到这是她的伤口，是属于她的疼痛，没有人可以代替她。

我给皮肤消毒，小声告诉她，她很勇敢。其他孩子只会哭得更惨，还会打电话给妈妈，都是娇生惯养的。而她不会，她是个特别的大姑娘。

我终于让她冷静下来了。伤口不再流血了。不需要缝针了。我用棉球和一块胶带给伤口做了包扎。我让她站起来走几步。她没有一瘸一拐，反倒充满自豪。她一边走，一边想象着如何向同学们讲述这个故事，如何把袜子卷下来，把伤口像奖章一样展示出来，这时，她更加平静，甚至有些自豪地注意到了天花板中间的淡黄色污渍、桌子上散落的面粉、地板上黏糊糊的水坑、她的脏脚印，最后，还有围裙。我的围裙在她身上，接缝处沾了血迹，我必须用温水和盐涂抹到血迹上，然后浸泡，最后用手搓，直到把血迹洗掉。

　　小姑娘走进后面那间屋。我看她脱下围裙，穿回了校服。我看她拿起湿布跪在地上。我看她清理污渍，就是这样。她擦洗地上的干面糊糊，腿上的棉花逐渐被染红。但为时已晚，你们知道这一点。流出的血不可能再流回去。流水一去不复返。破镜难重圆。也许是阳光、垃圾。也许是老鼠、雅妮。也许是我。实际情况是，她怕我揭发她，我怕她告状，所以我们答应什么也不说。小姑娘和我都不说。秘密是不会有好结果的。记下这句话。

那天晚上，我躺在床上，有种预感一直困扰着我，无法入睡：老鼠出没的房子、患狂犬病的小姑娘、泛黄的泡沫从嘴里涌出、全身无法控制地抽搐、发白的小腿上有两个可疑的白点。

一连几天，我都像照顾自己的腿一样照顾她。酒精、碘伏、再热也得穿着长裤。很幸运，伤口没有感染。她的父母也没有发现。雅妮不在的日子里，时间残酷地流逝。我望着窗外，想看看它是否很快就会出现，但什么都没有，什么都没有。

一天早上，我去超市找它。我路过了加油站，看到那个小伙子正在和一辆跑车司机交谈。那辆车在阳光下闪闪发光，司机坐在座位上，坚持要他清理风挡玻璃上的一块污渍。"那里，那里"，司机不耐烦地说着，一边敲击面前的风挡玻璃。小伙子把污渍擦掉了，但是又从口袋里掏出一块黑色抹布，把油污在后玻璃上来回抹。那个人气坏了，破口大骂。

王八蛋，怨气鬼，饿死鬼。

车子飞奔而去，不见了踪影。

小伙子正用另一块抹布擦着手，他看到我走过来了，他笑了，我也很高兴。

"那条狗呢？"我问他。

"黛西？"他问道。

不不不，它不叫黛西。不能叫它黛西，名字太重要了。

"那只土狗。"我回答道，嘴巴里突然干干的。

它肯定到哪儿晃去了。

他耸了耸肩膀，问我叫什么名字。

"埃斯特拉。"我回答说。

说完我就后悔了。既然雅妮是黛西，那我可以说我是格拉狄丝、安娜、玛丽亚、罗莎。

他叫卡洛斯。"叫小卡就行了。"他解释说，然后露出了两排牙齿，很白很小。

黛西还来看你吗？

我告诉他，是的，但它已经好几天没来了。他答应我会带它来见我。

"我会带它来见你的，小埃，它一出现就给你带过来。"

他跟我告别，挥动着那只沾满油污的黑手。

回家的路上，公共垃圾桶旁的一堆东西把我吓了一跳。是它，我心想，我感到胃里一热。但那只是一个袋子，一个扔在垃圾桶旁的袋子。我知道了，我爱它。没必要让它提前死亡，看它在十字路口被车撞，在角落里被毒死，被那些娇生惯养的残忍小孩虐待。这些幻想让我害怕。最有可能的是，雅妮一瘸一拐走到一条小巷里，蜷缩在角落，无人问津，伤口感染，最后在孤独中死去。

我回到家，把自己锁在房间里，想给母亲打电话。她已经好几天没接电话了，只给我发信息：我很忙，我很累，周日再聊吧。我看到索尼娅给我打过电话，但我没给她回。钱，钱，钱，除了钱没别的。还是母亲和她的那些故事，比悲伤更快乐些，比寒冷更温暖些，比冷酷更温柔些。她可以告诉我，下午她在海边寻找贻贝，讲螃蟹被海苣长长的触手缠住，讲退潮后留在岸上的宝贝。母亲没接电话。那天晚上我又打了一次，还是没人接。我心慌起来，真的，极端的念头又出现了。突发心脏病，或者猝死。触电。溺水。我不知如何是好。

我在床上辗转反侧几个小时都没睡着，我告诉自己：够了。母亲一般会把手机落在浴室，夹在某本杂志里，或者放在橱柜的抽屉里。她不接电话很正常。她应该在忙，一定是这样。她在揉面，削土豆，劈柴，清理煤灰，徒劳地修补那座废墟般的房子。

雅妮正走在市中心的某个广场上，那一夜，我在黑暗中喃喃自语。

有人给它水喝，没错。

一个年轻姑娘看见了它，给了它一碗清水。

还有一块面包。

还摸了摸它的耳朵，肯定的。

给它后腿上那个奇怪的伤口消毒。

她把它治好了，没错。

这就是人啊，我一遍一遍地重复，直到闭上了双眼。

这就是人啊，这就是人啊。

忙碌的一天又过去了。

有好几次，我仿佛听到了雅妮。有时候，是它小睡时发出的哼哼声，有时候，是我感觉到它在洗衣房看着我。这种不安一直悬着我的心。不对，不是这样。这种不安是后来才有的，当时只是想念它。这个保姆越来越喜欢那只流浪狗，失去了它的陪伴，她的日子过得很煎熬。用玻璃水擦窗户，用棕色鞋油擦棕色皮鞋，用黑色鞋油擦黑色皮鞋，疏通洗手池，清理垃圾桶，装袋，再清理垃圾桶。

那些日子，小姑娘吃东西毫无怨言。也许她害怕我揭发她弄脏了我的围裙，把面粉撒在地上。我给她吃鸡肉，她就吃鸡肉。我给她吃鲑鱼，她就吃鲑鱼。但还是要花上一个小时才能吃完，每一口都要嚼上百次，即使饭菜做得确实很香。

我小时候也有一段时间不吃东西，我讲过吗？也就持续了几周。我当时在安库德的女子寄宿学校。母亲当时被叫到豪宅室内干家务活，她直接跟我讲：

"家里没人照顾你，也没人给你做饭，寄宿学校离我工作的地方很近。"

星期天下午，她把我留在学校大楼的门口，当天晚上我就吃不下饭了。食物没什么问题，扁豆、四季豆、砂锅炖肉汤、鹰嘴豆，但胃里的一个疙瘩让我一点儿都吃不进去。

修女们拿我没办法。我只在早上吃一口加黄油的白面包，然后就一天都不吃东西了。她们拒绝给我母亲打电话，不让她来插手管教这个不守纪律、懒惰的臭丫头，这是监督员在看到我纹丝不动的餐盘时用的词。修女长试着劝我，说我很快就会习惯那里的。其他女生都不错，况且，母亲要工作，要养家糊口，她不能把我一个人留在乡下。

我现在不记得其他女生坏不坏了。我记不起任何一张脸，任何一个名字。无名的东西就会被遗忘，这个我们以后再说。我只记得有一条很长的走廊，从一端望过去，监督员看起来特别矮，和其他女生一样。我还记得宿舍的天花板很高，布满灰尘的楼梯会发出咯吱咯吱的声音，窗外是一片荒地。我想离开那里，和母亲回乡下。

我没有计划逃跑，我保证。当时是午餐时间，外面下雨了。我记得很清楚，因为一下雨，食堂的窗户就会起雾，那一刻我感觉自己会被永远关在里面，外面什么都没有，没有街道，田野也已被雾气吞没，只剩下这所学校，悬浮在蒸汽的地狱中。我在食堂排好队，午餐是一盘蔬菜炖肉煲，我开始用目光寻找监督员。在餐厅的一个小台子上她正在和其他修女一起吃饭。我想都没想就走了过去。我停在她面前，把饭扣在了她的脸上。接着，我用尽全身的力气，一种前所未有的力量，把空盘子朝修女长的后脑勺砸去。

别怕，我说过大家都有底线。

修女长摔倒在地，门牙都摔碎了，监督员身上还沾着土豆和南瓜，她一把抓住我的手腕，另一只手扇了我两个耳光。她用皮带抽我的时候，我竟然不疼。就好像我不在身体里，已经飞走了。

当天下午，母亲来学校接我，直接把我带回了乡下。你们能想象吗？从安库德回家的路上，没有一句话，母亲连看都没有看我一眼，甚至到家了也没理我。晚上，母亲做了煮土豆和排骨，我狼吞虎咽地吃完了。

我吮着骨头，母亲说："臭丫头。"

盘子一干二净，她盯着我，突然笑起来。一开始还是小声地笑，然后就像控制不住了一样，哈哈大笑，越笑越大声，浑身都抖了起来。

"满脸都是蔬菜炖肉煲！"母亲仰头大笑，颤抖着肩膀。我愣住了，一动不动。母亲大笑着，张大了嘴，眼睛眯成了缝，泪水顺着脸庞滑下。过了一会儿，我被她的笑声感染了，一时间，两个人就这样面对面，在乡下无边无际的黑夜里笑得前仰后合，喘不过气来。接着，母亲笑累了。我们便停了下来。母亲的脸回到了原来的样子，嘴角朝下。她一脸严肃地说：

"凡事都有后果，孩子，你必须明白这一点。"

黎明时分，她把我叫醒，提醒我她要回去工作了。当时我 13 岁，马上就 14 岁了。我一个人留在乡下。不，不是一个人。有猪，有林猫，还有邻居家瞎了眼睛的马。之后的每一个清晨，我都要顶着风走到车站，晚了就赶不上车去离家最近的中学，没有母亲在身边提醒我："戴上帽子，孩子，我干吗给你织一顶羊毛帽子？"

"小祖宗。"母亲出门前说。

接着提醒我说：

"你要学会照顾自己。"

老鼠再次潜伏在房顶的阁楼里，小姑娘忘了狗的事，她的腿痊愈了，夫人晋升了。她将成为松树种植园土地开垦的负责人。木材生意蒸蒸日上，新的分公司将在南部开设。他们讨论加薪后够不够买海景房，还是说把钱拿去投资更好，让利润翻倍。

夏天的时候，我和母亲要采摘黑莓。别以为我又在绕圈子，黑莓很重要。母亲教我怎么摘，如何在摘的时候不被刺扎到，怎么才能避开刺。她说秘诀就在眼睛里，别让眼睛比你的手快，如果眼睛看着下一颗，吱！就扎手上了。我的衣服、手臂、头发都被刺挂住过。我无法控制自己的眼睛。它们一直在追踪下一颗，盯着它黑色的汁液进入我的嘴里，而我的手却停留在后面，被藤蔓缠住。有一次，我直接折了一串，放在了篮子里。

"这是什么？"母亲看到了青色果子，说道。

"贪心。"她说，"黑莓不会一簇全部都熟，千万不能把枝头全折下来。我们摘今天的，别人摘明天的。如果你把整枝都摘了，别人就没了，孩子。"

后来，绿色的果子没熟，全烂了，我就扔了。剩下的黑色果子，我们一直吃到了冬天，黑莓酱、黑莓奶油蛋糕、黑莓糕点、黑莓牛奶。我又说到了细枝末节，但或许，它们是微不足道的荆棘。

夫人和先生在阳台上喝香槟为这次升职庆祝。夫人的喝完了，先生的没动。我给他们端来一碗橄榄和几张纸巾。夫人拿起一颗橄榄，放进嘴里。嚼的时候，她反复拂去裙子上的碎屑。即使已经没有碎屑了，她仍反反复复地轻拍，用手背清扫那些瑕疵。我记得她说了句"干杯"，然后一饮而尽，即将来临的污秽便被一扫而空。我当时是这样想的，现在也这样认为，她预感到了那些脏东西即将临头。

小姑娘想尝一口香槟。我没看到他们有没有同意。我回到厨房热晚饭，只听到夫人说：

"宝贝，我给你一个礼物。"

她给宝贝姑娘准备了一份礼物，好让她也理解升职是多么重要，好让她记住，往高处爬的时候，会得到珍贵的奖励。我探出身子问先生想不想吃米饭。他正在控糖，经常把米饭剩在盘子里，还总对我说：

"埃斯特拉，我告诉过你不要给我米饭。"

但如果我不给他米饭，他又会向我要，一点点，一茶匙，难道你想把我饿死？

我正要问先生要不要米饭，就看到小姑娘正在拆礼盒。一个很大的纸箱，用粉色和白色的彩纸包着。那一瞬间，我以为是一只宠物，我不喜欢。小姑娘要有自己的狗了。一条拉布拉多，或者英国牧羊犬、警犬、吉娃娃。一条好动、爱搞破坏的狗，反正不是我的雅妮，永远不可能是我的雅妮。

她笨拙地撕掉包装纸，打开盒子。阳台的地板上丢得到处是她的乐高积木。她仔细地看了看手中的裙子，脸涨得通红。那是一件白色的连衣裙，袖子是蕾丝的，腰间系着粉色的丝带。你们知道我说的是哪件，就是大结局穿的那件。

"给你过生日穿的，"夫人说，"化装舞会上你就是公主。"

还有几周才是她的生日，这会儿就准备好裙子了。小姑娘看了看裙子，又看了看妈妈，又看了看裙子。该怎么形容她的表情呢？绝望，那永远刻在脸上的绝望。

她还小的时候也发生过类似的事情。先生为他心爱的女儿买了珍珠耳环。洁白无瑕的珍珠点缀在那张洁白无瑕的脸庞上。她当时只有 4 岁，或许更小一些。她不戴耳环，她的耳朵会过敏，但还是买来了，放在一个小小的蓝色盒子里。先生打开盒子给她看，她吓得往后缩了一小步。但先生没注意到。他忙着把耳环从天鹅绒盒子里拿出来。取出来后，他蹲下身子，把每只耳环穿进已经长了硬皮的耳洞里。小女孩哀叫一声，哭了起来。先生说，她很漂亮。一位优雅的女士，他赞叹道，但小姑娘可能根本没听。她哭得撕心裂肺，在地上乱踢。先生看到女儿气成那个样子，才闭上了嘴。他站起来，小姑娘看着他，满脸通红，气急败坏地左手抓住左耳，右手抓住右耳，使劲儿往下扯珍珠，耳垂都要撕烂了。

现在我都记得夫人和先生当时的沉默。紧张的沉默。先生跑过去用酒精擦拭耳朵。他叫我拿冰块，还有缝合线，防止伤口开裂成两半。夫人看着眼前的一切，仿佛什么都没发生一样。她站在那儿，呆呆地看着小姑娘，跟不认识似的。或者更可怕，她怕自己过于关心女儿了。我看着他们，不知所措。小姑娘尖叫，嘟哝，恐惧，痛苦。这时，先生抬起头，他在找我，眼里却充满了怨恨。因为这个保姆刚才为他们一家感到哀伤。

我不知道他们之后有没有聊过这件事，晚上睡觉的时候，有没有低声议论她的行为很反常，有没有为她的性格发生争吵，他们完美的女儿竟然情绪失控。她拒绝吃饭，咬指甲，打同学。我记得很清楚，小姑娘当时什么也没说。她在家里待了好几天，两只耳朵上缠着纱布，但伤口很快就长好了，那段记忆从她的皮肤上被抹去了。这次又是那种绝望的表情。远处，小姑娘手里拿着裙子，气呼呼的。

夫人把裙子拿走了。

"没关系。"她说。"没关系。"她重复道，显然有些失落。

这时，夫人看着我。她的保姆就在一旁，是她不幸福的主要见证人。没有人愿意自己的幸福受到质疑。

记不清过了多少天，但我应该知道。那是我所熟悉的现实生活的最后几天。

　　门铃响了，我吓了一跳，当时正在熨衣服。没完没了地熨衣服，衣服一次次地缩水，再一次次地烫展。我抬起头，以为是邮递员，但又立即想起了卡洛斯，想起了雅妮。我朝大门走去。我还记得，我一直拿着夫人的蓝色上衣。直到我穿过厨房和走廊，打开铁栅栏，见到那张不该出现的脸庞时，我似乎还在熨衣服。是表妹索尼娅。她背着一个包，手里拿着一张棕色信封。当时是夏天，阳光照在她的头发上，忽明忽暗，时隐时现。

　　她都没有一句寒暄，仿佛接下来的这句话烫到了她的舌头，终于能一吐为快。

　　"她走了。"她说。

　　太阳继续在她的头发上嬉闹，把它染成了白色，纯洁如光。

表妹又说:

"她在鲑鱼养殖场上班的时候,突然就倒地上了,像一麻袋土豆一样。走得很突然,埃斯特拉,就在五天前。"

我看到她的嘴唇上有汗珠,嘴角向上翘起,幸福的人就是这样。现在那上扬的嘴角说,她还不清楚到底是怎么回事。我的母亲正在给鲑鱼开膛破肚,刮去鱼鳞,取出鱼卵,突然。她是这么说的:

"突然……"

她一直不停地说,头顶的太阳也没完没了地榨取她额头的汗水。我从口袋里摸出手机,按出母亲的电话号码。屏幕上显示出:正在呼叫母亲。

她会接的,肯定的。她会说:"我的宝贝",然后给我讲海豚跃出海面,黑颈天鹅浮在水边。我想留住那些画面:天鹅迷茫的眼神,脖子黑色的弧线。电话断了:无人接听。

索尼娅解释说,她也是昨天才知道。她说母亲和一个工友在一起,叫什么毛罗。"你别生气,我当时在蓬塔阿雷纳斯,"她说,"在搞那个蜘蛛蟹,现在啥都贵,难得不得了,埃斯特拉,连柴火钱都没有。"

母亲说,蜘蛛蟹是火星上的蜘蛛,夏天的时候它们被困在了沙滩上，被热傻了，不明白自己快被太阳烤熟了，从灰色变成红色，一步步靠近蛋黄酱和柠檬汁蘸料。

索尼娅站在那儿就没消停过，重心从一条腿换到另一条腿，棕色信封从一只手换到另一只手。她穿着一双新鞋。我看见了，她发现了，再不敢看我。

我每个月底给她寄钱，让她照顾母亲。好让母亲不至于一个人在乡下，腿伤不要恶化。但母亲竟然不在家，跑去用刀子给鲑鱼开膛破肚，从内脏中把鱼卵取出，用来喂养其他动物，而其他动物很快也会死去。

她解释说情况紧急，必须马上处理那些事，就让那个男的，那个一起在渔场的陌生人处理了。我没明白她指的什么事。白色的鞋带、无可挑剔的缝合线、幸福的嘴角、太阳晒红的脸、额头上的汗水。

"他负责下葬。"她说，这是我能听到的最后一句话。

那天，我做了炖肉，打扫了整个屋子，给小姑娘洗澡穿衣，而母亲却被埋在盘根错节的罗汉松树根之间。有些事情是可以感觉到的。比如，突然听到好似母亲一般的呢喃，或者在炎热中吹来一股寒流。也就是"预感"。好一个"预——感"，那痛苦发生之前的感觉是什么？这就是最令我难过的，什么预感都没有。

索尼娅低下头说，她得走了。她来圣地亚哥是为了找工作，因为她一听说我母亲的事，就离开蓬塔阿雷纳斯去了奇洛埃岛，然后就被公司解雇了。

她问我知不知道这件事。

"无所谓。"她说。

"我现在一分钱都没有。"她说。

我不记得我当时怎么回答的。只记得我要关门的时候，她把那个棕色信封递给了我，我二话没说就把门关上了。

我呆呆地望着那座房子。外面是表妹。里面是我。南方，是已经过世的母亲。我永远都不可能知道那个陌生人有没有给母亲梳洗沐浴，有没有为母亲选那件蕾丝连衣裙，有没有把母亲的双手交叠在胸前，有没有为她唱送别之歌。

时光依旧，我往前走了两步，应该没错。前庭的花园开始向四周延展。仙人掌的刺向外伸展，又向下弯曲，就在刺进我的皮肤之前，它们变成了乌尔木、南洋杉和林仙树的枝条。太阳在膨胀，现实世界随之延展，给阳光腾出更多空间。房子、石头、树冠几近炸裂。顷刻间，万物闪耀，光芒四射，我也和万物一起绽放出光芒，不再孤单。

我走进房子，但我现在不确定是不是那栋房子。家里的东西都是对的，无论是家具，还是东西的摆放。但我发现自己来到了另一个地方。我还在熨衣服，那件皱皱巴巴的蓝色衬衣握在手中，也许是它带来的下意识动作。我记得我在眨眼睛，我能意识到自己的眼皮一上一下的，同时，脑海中不停地闪现出一个念头：我本可以帮母亲合上眼皮，然后在她的舌头上放一颗纽扣，再帮她把嘴巴合上。她所有的衣服都少了第一颗纽扣。因为母亲把它们摘掉了，无论什么衣服，不管是围裙还是衬衫领子，只要是让她喘不过气来的扣子，她都摘掉。她所有的衣服都少了最上面那颗纽扣。

过了很久，我才感觉到来自现实的刺痛。我还活着，胸腔里充盈着空气，我渴了，甚至感觉到肚子饿了。这一切都不可能。我在圣地亚哥再干不到一年就回南方了。我要筹钱修补铁皮屋顶，然后修一条走廊，再加一个房间，这样，我们母女俩就可以在那里一直生活下去，直到离开这个世界。从此以后，我要好好活下去。

我不知道过了多久。只记得当时天已经黑了，我没有听到先生下班回家的声音。我没有开灯，没有准备晚餐，没有布置餐桌，甚至衣服都没熨完。他走进厨房，按下开关，一束极白的光照亮了四周。

"怎么了？"他用低沉的声音说。

我看向他，仅此而已，但他明白应该是发生了什么。他走近我，抬起手放在我的肩膀上，说：

"埃斯特拉，一切都会过去的，别担心。"

我感到胃里热热的，就是这里。

我一直很烦，他们总是自以为比我更懂，尤其是他们以为比我还了解我自己。他知道我的痛苦吗？

我把衣服放在熨衣板上。我还记得是那件深蓝色的上衣，那是我一天下来熨的唯一一件衣服。我一遍又一遍地熨烫那件上衣的前胸和后背。第二天早上，我在垃圾桶里发现了它。

我抖了抖肩膀，让那只手放松，然后，我试着再次说起母亲的面容。高高的颧骨、小小的眼睛、额头上的小褐斑、细细弯弯的眉毛、有点发黄的方方正正的牙齿。我拽了拽衣服的袖口，反复把衣服弄平整，向下、向两侧、向外。

我等着他离开，但他一动不动。他还没说完。他肯定要说他多么地替我伤心。他会给我解释生命的轮回。出生，成长，繁衍，死亡。他会这样开头："来，埃斯特拉，我给你解释一下。"他会给我解释。然后他会递给我一些钱给母亲安葬，我都能看到他在钱包里翻来翻去，寻找合适的金额，不能太多，也不能太少。要有尊严，对我这样的女人来说就够了。

这一切都没有发生。他还在我身边，盯着我，他抓住我的肩膀，走过来拥抱我。

我一下子沉默了。大脑也突然关闭了，我感到嘴里和眼睛后面有一股可怕的灼热感。

不对，不对，生活不是这样的。

后来，我感知到了一切。天亮后，我坐在床边，胃不太舒服。我感到焦虑，心想：要出事了。然后，我想起了表妹索尼娅、被埋葬的母亲，我可以看到雨水穿透了墓地狼藉的泥土。可事情已经发生了，你们明白吗？可怕、恐怖皆已经成为过去。而我还在那张床上，在那个房间里，在那栋房子里。我还活在那个现实中，现实并没有离开我。

我走到厨房，夫人正端着一杯茶等着我。

"埃斯特拉，亲爱的。"

她从没叫过我亲爱的。她让我一起坐下，递给我几张折好的钱。

"去南方吧。"她说。

接着说：

"这段时间和家人在一起是最重要的。"

我看着手中的钱，思考着整个旅程：

穿过一个又一个街区去坐公交车。

坐两辆公交车到地铁站。

地铁坐到长途汽车站。

在售票处排队。

额头靠着大巴车玻璃度过 14 个小时。

乘渡船穿过运河。

坐一辆"招手停"。

在泥泞中步行 10 分钟。

敲门，再敲门，没人开门。

"谢谢，"我说，"我还是晚些再去。"

她建议我休息一天。

"休息一下，埃斯特拉。休息很重要。"

休息很重要。家庭很重要。

我回到房间，关上门，想起了那个信封。我坐在床边，小心翼翼地剥开封口，然后口朝下对着床，摇了摇。

从里面掉出了母亲的两只"手"。

每年冬天她都戴着那双皮手套。她可以穿一条漏风的牛仔裤、一件破旧的外套，却戴着那双优雅的黑色手套。是外婆给她的，怕她冷。因为羊毛的会弄湿，手就会开裂。这是外婆去世前不久给她的礼物。我把手套放在床单上，一个挨着一个摆好。十指指向我，仿佛她就坐在我面前，我的指尖拂过她的指尖。

身体的第一个遗传部位就是手，你们发现了吗？不信的话，看看你们的手，检查一下你们的指甲、指甲根部的皮肤，还有指关节。一开始可能看不出来。年轻的时候和老母亲的手不像。但是，年纪越大，手长得越像。手指变宽，指尖弯曲。外婆的手和母亲那双漂亮的手有相同的色斑。我15岁时，手就和母亲的手一样大了。我把手贴在她的手掌上，我们的指甲会触及同一条线。她的手指粗壮有力，劳作让手指变得扭曲，皮下青筋突起，手背都是筋结，而我的手还很纤细柔软。我看了看自己的手，又看了看手套，心想，母亲走了，把自己的双手留给了女儿。

我戴上左手那只，又戴上右手那只。非常合适，背面没有一丝褶皱，手掌没有一丝空隙。我躺在床上，把她的手放在我的胸前。那一刻，我想起了无花果树，还有掉落一地的黑色果实。预兆已经出现，都说死亡总是三人一组地降临。母亲是三人中的第一个。还有两个人。我希望下一个就是我。

母亲去世之后，我变得沉默寡言。我并非刻意，也不是惩罚自己。一定要解释的话，可能是一座迷宫，我在里面待得太久了，找不到出路。

夫人走进厨房，我正在煎蛋。

"埃斯特拉，"她说，"火柴在哪里？"

我把火柴递给她。

"我们来做烤鸡吧。"

我就做了烤鸡。

"给胡利娅换床单。"

我给她换上干净的床单。

一天晚上，厨房的桌子上有一只袜子，旁边是针线盒。针和线都有。于是，我穿好针线，把洞缝上，再把袜子放回抽屉。不需要言语。

没有了雅妮的陪伴，也没有母亲可以打电话，我陷入了彻底的沉默，任何话语都不过是噪音。我不再接电话。不再接夫人的电话。不再一边用家具油擦地一边哼着小曲。也不再和小姑娘说话。没有一句话，甚至连句答应都没有。

不知道我沉默了多久。我只知道"沉默"这个词不够准确，但是为了方便理解。记下这句话："她声称保持沉默"。或者你们问一下夫人："你们家保姆沉默了吗？"夫人会告诉你们："什么沉默，我没有印象。"像她那样的女人怎么会注意到我这种人的沉默。

讲话都是有顺序的，你们注意到没。原因——结果。开始——结束。不是什么顺序都行。说话的时候，词与词之间都要保持一定的距离，就像孩子们在教室门前排队一样。由小到大，由低到高，词语也需要一定的排列。沉默不一样，所有词语同时存在：柔软与粗糙，温暖与冰冷。

我开始能够感知到一些变化，而我相信其他人都注意不到。我越是安静，我的感知力就越强，我的棱角就越锋利，我脸上的表情就越意味深长。就这样过去了几周。你们写"几周"或者"不确定几周"。我说过，那段时间的事情不好梳理清楚。我不讲话，只埋头做事，或不做事，不做也是一种表达方式——不擦衣服的防尘罩，不掸灰，不给游泳池加氯，就看着池子里的水越变越绿。

我还明白了，在这个世界上，不是一切事物都能用言语表达。这里无关生死，也不是指"痛不可言"这样的话。我的痛苦的确可以用语言表达，但是当我擦洗水槽，擦洗浴缸里的真菌，还有切洋葱的时候，我不用语言来思考。串联起语言和事物的线已被断开，现在只有世界，一个没有语言的世界。

当然，这是一个很长的题外话。划掉这一页吧，还有上一页。你们可能想知道到底是我亲手杀了小姑娘，还是说，是我在她的头脑中植入了死亡的念头。用红笔画重点：小姑娘是淹死的。但她会游泳。我给你们讲过她怎么跟着父亲在游泳池里学。你们可以去问他，问问夫人。夫人游泳跟专业的一样。那你们解释一下，为什么这两种说法都是对的？为什么会存在两种事实，并且都是真的？你们来为这些文字做辩护。就是你们，正在笔记上画线的人，躲在镜子后面的人。

那段日子，替我说话的是一切事物。没有上下之分。没有前后之分。没有语言，时间就没有开始，明白吗？没有开始，就不可能讲述。水的沸腾就是我的闹钟，火就是火，没有名称，灰尘继续勾勒着万物的轮廓。

不行，不行，这么讲你们理解不了。我试试换个方式。

日子一天天过去，沉默沿着喉咙逐渐下陷，我讲话也越来越生硬。脑袋里装满了各种新的想法和困惑。比方说，如果没有了名字，事物会不会产生变化，就像它当初得到名字的时候一样。叫女雇主、女主人，叫女上司、女老板。叫员工、保姆、女仆、女佣。或者选择不称呼其名，明白了吗？这无疑会改变一切。

不知不觉中，也没有提前做任何计划，我开始了自我训练。现在我才明白，就是这一瞬间，我这么久以来一直盯着这个陌生女人扫地，把发霉的李子扔掉，清理垃圾桶，擦玻璃，捡起浴室里的头发。这件事情是有意义的。我训练了自己，就像运动员训练疼痛耐受力，就像训练你们和我彼此瞧不上对方。我训练了自己，也训练了她。

训练那个熨衣服的女人。

浇花的女人。

准备砂锅鸡的女人。

清理便池上干粪便的女人。

这个女人还要捡起下水道口的毛发。

要熨裤子，熨内裤和自己的围裙。

要用那双黄色大手套擦洗镜子。

然后茫然地面对镜子：疲惫的脸庞、干枯的皮肤、被氯气熏红的眼睛。

这个女人知道如何让自己变得不可或缺。

学会了给小姑娘编发辫。

学会了记录医生的嘱咐。

不说"胳肢窝"，只说"腋窝"。

不说"几个客人们"，而说"几个客人"。

把餐刀放回餐刀抽屉。

把勺子放回勺子抽屉。

把不该说的话咽回到喉咙里去。

对我来说闭口不言并不难。雅妮不来了，我的手机不响了，听不到母亲的声音了，也听不到她问我问题了。两位老板几乎不问我问题。或者说，不问那种需要我回答的问题。

这是我第二次失语，"失语"这个词其实也不恰当。母亲把我送到寄宿学校，当时还没发生蔬菜炖肉煲事件，我因为不好好吃饭，营养不良，得了肺炎。修女长给我听诊时说："你必须吃东西，玛丽亚·埃斯特拉，好好补充营养。"有时我觉得，我当时就是想生病。我宁愿死，也不愿意被囚禁在那个地狱里，每天早上都得听她叫我玛丽亚·埃斯特拉。

我先是感到整个后背都在发抖，然后特别地疲倦，下一分钟，我就发不出声了。

"被惯的了，冥顽不灵的臭丫头。"监督员说。尽管我在发烧，她还是不让我躺在床上。

我没搭理她。我已经几乎无法呼吸。头昏脑涨，两肋发烫，体温越来越高，已经面无血色了。我病得很重。她们只好放弃了，终于给母亲打了电话。母亲在楼下等我，穿着她的那件格子围裙。她见到我时，正准备责备我给她添麻烦，不让她省心，她摸了一下我的额头，然后就把我带到了那栋大房子里，她在那里日出而作，日落而息。

你们可以亲自去看看。我说的是去看她工作的那个豪宅，不是我过世的母亲。它有好几层，就在一个面朝大海的街角处。走进去之前，母亲要我规矩点，看在上帝的分上，不要大惊小怪。

她把我带到一个与厨房相连的房间。房间很小，只有一张床、一张床头柜和一个抽屉。我躺下，她把一块湿冷的布放在我的额头上。然后我看到一个小女孩从门缝里探出头来。大概七八岁的样子，比我小得多。她穿着粉红色的裙子，梳着长长的法式辫子。那是母亲一缕一缕梳的辫子。

她的父母开了一家餐馆，我跟你们说过吗？那家餐馆叫"未来餐厅"。有时候母亲周末也得去打扫餐馆，她沮丧地说："星期天轮到我打扫'未来'了。"我笑了，她也跟着笑了。好吧，我又转移话题了，"未来"重要吗？母亲给我脱下背心，盖上了一条干的浴巾。

"你已经湿透了。"母亲说。浴巾挨到皮肤的那一刻特别疼。

她用薄荷膏在我胸口按摩，接着，在中间放了一小截点燃的蜡烛。火苗随着我的呼吸起伏，我看着它升起又落下，就像太阳随着每一次呼吸升起又落下一样。烟雾和薄荷的味道让我感到舒畅。

这时，女主人，也就是母亲的老板，探头进来。她可能对母亲说：

"大姐，你在干什么？你这是要把她活活烧死。"

也可能只是对这个满身薄荷味的女孩露出了恼怒或厌恶的表情。那个女人走了进来，取下蜡烛，递给我两颗药和一杯水。

"喝了它。"她命令说，然后就离开了房间。

母亲在她面前一言不发，但在我看来，她的沉默是一种呐喊。躺在床上的我也没有说话，我还能对她说什么呢。但是当她走了之后，我把药吐了出来，母亲看到我手里的碎渣，亲了亲我的额头，对我笑了笑。

一觉醒来，我神清气爽，嗓子也恢复了，我问母亲，可不可以和她一起住在那座大房子里，和那个小女孩一起玩，和那对父母一起生活，吃那里的饭。母亲一口回绝。她是一个少言寡语的女人。

"臭丫头。"她说，然后把我送回了寄宿学校。

有时我在想，如果我没有沉默，我会说些什么？如果说出来，是不是悲剧就不会发生？你们肯定认为是的。你们应该是那种讲话很有自信的人。在你们看来，最好一吐为快，然后坐下来一起讨论分歧，工人和老板之间的分歧，员工和雇主之间的分歧，我和另一个女孩之间的分歧。

日复一日，我成了哑巴，完全没有讲话的意愿。关键是跟谁说？说了能干什么？雅妮不在了，母亲也不在了。每天就是例行公事，一遍又一遍。倒别人家的垃圾，吸别人家的地毯，擦别人家的镜子，搓别人家的衣服。

他们把手伸进过脏衣篮吗？把手指伸进篮筐底下的一堆胳膊和腿，他们有过吗？每周五在清理脏衣篮时，里面又是一大堆衣服，全是他们的躯干——女内裤上的褐色污渍，男内裤上的白色污渍，又黑又潮的袜子。我发誓，有时候一打开盖子，仿佛就听到了他们的尖叫声。

为了避免往洗衣房跑两趟，我就把所有衣服都堆在胸前，抱住他们被汗水浸得发酸，被污垢熏得发硬的身躯。我就这样扛着先生、夫人和小姑娘，穿过走廊。然后，把他们放在洗衣机上，开始分拣。夫人的胳膊在左边，乳房在右边，腿在左边，脚在右边。白色和彩色分开。涤纶和棉分开。

一块布料里隐藏着很多秘密，不知道你们有没有思考过。膝盖那里因为一次次跪在地上而磨损，大腿内侧因为腿太粗而摩擦得锃亮，胳膊肘因为经常无所事事而印出了痕迹。布料不会撒谎，也不会假装，哪里磨损了，哪里撕裂了，哪里弄脏了，一清二楚。表达的方式有很多种。声音只是最简单的。

确实又转移话题了，只是随便说说罢了。有时候我很好奇，你们究竟在想些什么，在回顾我说的话？还是在等着听你们想要的东西？比如，老板对我很好。他们每个月都按时给我发工资。我喜欢忙碌，耙树叶、做果酱、干活儿、干更多的活儿，好让日子过得快一些。或者，你们正满怀期待地等着另一个故事，一个关于女仆的故事，她15岁就来到了豪宅，她很喜欢主人家的大儿子，他扯她的头发、挠她的痒痒。这个故事当然是令人哀伤的。因为有一天，男孩长大了，在厨房里把她逼到墙角，把舌头伸进了她的嘴里。又因为有一天晚上，他来到阁楼，偷偷从门缝里溜进来，把手指伸向了她的下体，然后一路向上，直到把她撕成两半。

这些都没有发生在我身上。在奇洛埃岛，我在超市、贻贝包装厂打过工，也在街角卖过报纸，直到33岁那年，我才决定去圣地亚哥碰碰运气。后来又离开了，打算回南方，目前还很难说。

我一个人在厨房里清理冰箱，鸡蛋盒、牛奶架、蔬菜抽屉。这时，我听到有响声。声音是这样的：噗、噗，然后没有了。我没有理会，然后又开始了：噗、噗、噗、噗。声音是从外面传来的。

冰箱收拾了一半，我停了下来，从窗户望去，那里看得到大门口。栅栏后面，是卡洛斯，穿着工作服正在挥手，他的脚边，是我的雅妮坐在那里，一动不动。

我瞪大了眼睛，心跳加速。它的尾巴来回扫着地面，卡洛斯正踮着脚朝房子里看。

我一开始以为是雅妮的灵魂，但是，它现在就活生生地在大门口，瞪着一双可爱的圆眼睛看我。我立刻想到了母亲。也许她也会出现，就在栅栏的另一边，像雅妮一样活生生地站在那里，或者也像幽灵一样出现在那里。这个想法让我很难过，但只是一瞬间。卡洛斯一看到我，就轻轻推了一下雅妮，让它穿过铁栅栏进来。雅妮毫不犹豫地听从了。

"它来了。"卡洛斯说。

接着又说：

"它总会回来的。"

他对我微笑，我也回之以微笑。我记得很清楚，因为那段时间，微笑在我的脸上似乎是一个非常陌生的表情。那张脸笑盈盈的，因为那条狗回来了。臭狗子带着它健康的爪子穿过花园，向我跑来。

我出去迎它，它立刻扑到我身上。我抚摸着它脏兮兮的小脑袋和毛茸茸的背，久久不愿离开。后来，它又若无其事地躺在门楣下，陪着我。等到小姑娘快回来时，雅妮一声不吭地离开了。我不会再犯同样的错误。我不会告诉她雅妮回来了。

到了下午，我对雅妮说："嘘——"它就溜走了。

现在我觉得，雅妮的归来加速了结局的到来，和它在一起的日子是最后一次提醒。

不知道当时是不是正在思考这件事，我把前一天晚上洗干净的碗碟摆放整齐，杯子和杯子放到一起，盘子和盘子放到一起，突然，我感觉有一双眼睛盯着我的后脖子。当时应该是早上 6 点半，太阳还没从山顶上探出头来，先生刚刚在诊所值班回来。他很少值夜班，但他确实出现在了厨房里，双脚近乎并拢，胳膊垂在身体两侧，围裙的扣子没有扣上，脸色很难看。

他睡眼惺忪地走到储藏柜，拿出一瓶威士忌。他不喝酒，我之前说过，那瓶威士忌是招待客人用的。里面几乎没剩什么了，再说当时也不是喝酒的时候。他应该上床睡觉，中午的时候醒来，然后抱怨自己累，抱怨他的病人，抱怨天气热，抱怨饭菜，但他却瘫坐在椅子上，给自己倒了一杯酒。

"我两点就下班了。"他说。

我怀疑他是不是在跟我说话。他几乎不跟我谈话，只有命令、指示，从来没有这样的话语。

从凌晨两点到现在已经四个小时了。外面的鹦鹉像闹铃一样叫了起来，但他继续说下去，就像那种习惯了倾诉的人，嘴巴一直不停地讲。

"我以前没做过。"他说。还说他连想都没想过，但是在街上一看见她，就好像不再是他自己了。

我想让他马上闭嘴。再过半个小时，小姑娘就会醒来，我连早饭都还没吃，杯子也没收拾完。

他说那天和平常一样，但是在开车回家的路上，他觉得很烦，他的原话是："一种致命的厌烦。"然后，他在一个街角看到了那个女人，想都没想就把车停了下来。

我手里拿着一个盘子，洁净、干燥。如果我松手，盘子就会掉到地上，吵醒夫人和小姑娘，故事就会发生扭转。

先生说，如果能重回过去，他会一直往前开，但是那个女人打开了车门，很亲切地跟他打招呼，那种亲切感令人不安。他不记得自己认识她，也许是他的一位病人，但那张面孔却怎么也记不起来。那个女人说她知道一个隐蔽的地方，并给他指路去哪儿停车，选择什么房间。

我站在厨房中间，沉浸在他的故事里，就像你们沉浸在我的故事里一样，只不过我还拿着一个干净盘子，正等着我把它收好。盘子突然变得很重。重到我的手指快要抓不住它，很快，再差一点，它就会掉在地上。

先生站在床边，不知道该做什么，该说什么，如何去触碰她，靠近她，也许就是这个原因他一直盯着墙上唯一的一幅画。

"一张荒漠照。"他说。一片被太阳晒得龟裂的荒漠。

我不知道他为什么要提那张照片。荒漠中，大地的裂痕和那个女人有什么关系，和他的厌烦有什么关系，和即将发生的事情有什么关系。先生又斟满了一杯威士忌，一只手紧紧抓住头，另一只手的食指搅拌着黄色的液体。我从未见过他那个样子。铁青的皮肤，紫色的眼圈，布满血丝的眼睛。我当时觉得他的眼睛就像烂了一样，就好像腐败物质落在了他的眼睛上。

他说那个女人仰躺在床上，佯装自己没有任何经验。"我坐在她旁边，"他接着说，"一只手顺着她的腿往上摸，一直摸到裙子下面。"

我没明白他为什么要跟我讲，跟他很少说话的保姆讲这个故事，我想打断他，并且告诉他："够了，别说了。"但我依旧保持沉默，他继续讲，看起来已经停不下来了。

"她没有穿内裤"，这句话出自这位优秀的医生。她任其抚摸，她开始不舒服，虽然只有那么一瞬间。然后她合拢双腿，要求他先付钱。

我意识到我无法阻止。我说的是先生，他的故事。我不能继续无视他接下来要讲的内容了。是我，或者说，是我的沉默支持了他的讲述，仿佛我的缄默都是为了给他的话语让路。

他问她："多少？"准确地说，应该付给她多少钱，那女人回答说："全部，全部都给我。"然后又说了些别的。这时，先生仿佛听到了一个指令，一个嘶哑、干涩、轻蔑的声音：拿一把手术刀，插进他的脸颊，把他的舌头挖出来。

先生的脸颊上没有洞，舌头还在嘴巴里，但他的脸可能会掉在桌子上，我得把它捡起来放进抽屉里：桌布和桌布，刀和刀，脸和脸。

先生坐在床边，沉默不语。至少他是这么告诉我的。但那是另一种沉默，与我的沉默截然不同。他说他感到脸上有个洞，舌头麻木，口干舌燥，他把钱包里所有的钱都递给了她。女人把钱收下了。

她警告他说："我们再也不会见面了。二三十年后，你会怀疑这一切是否发生过，怀疑我是否存在过，怀疑你是否坐在这张床上掏空了你的钱包。现在告诉我你的秘密，来吧。我帮你隐瞒一切。"

我看着他，看着先生，我只想让他闭嘴，赶紧上床睡觉，然后像以前一样醒来，慢跑，吃早餐，然后对着镜子看自己的不开心。

他一定是看出了我的绝望，所以才那样看着我，恼怒又好奇，好像第一次看我似的。我在那座房子里住了七年，然后在那个清晨，太阳正从山上探出头来，这个男人抬起眼睛，目不转睛地看着我。我也看着他，心想我知道了他的软肋，是不是也得付出代价？代价会是什么？有多高？有多大？

他说他当时 24 岁。

一开始我没明白他在说什么。后来理解了，他的秘密发生在二十年前，现在他的保姆必须听这个秘密。为此，他雇了一个不爱说话的哑巴用人，一座真正的坟墓。

距离学业完成还有不到一个月的时间，领导说，要把一个棘手的病例交给他，病人十分虚弱，需要医生有一定的判断力。他来到分配给他的病房，经过一排又一排的铁床，他看到，在尽头的那个角落里，他的病人奄奄一息。

"我不记得她的名字了。"这位医生说，然后他抬起手扶了一下额头，似乎在调整那张脸，好让它与头骨贴合在一起。

他走近病床，感觉床上空荡荡的。

"那么瘦。"他说。

"那么不堪一击。"

床脚放着病例报告，他认真看了一下。对于病人是否需要进一步用药，他也进行了评估。他推算了一下病人的年龄，7岁。他不喜欢这种病例，也从不理解儿科医生。他终于抬眼看了一下病人。

"脸这么苍白，毛细血管都看得到。"

这是先生说的。他说完"毛细血管"这个词，用指尖摸了摸松弛的黑眼圈，仿佛如此便能触摸到记忆中那个小女孩的肌肤。

"她已经死了。"他说。

"什么都做不了。"

他又给自己倒了一杯威士忌，我看到他手中的酒瓶在颤抖。我手中的盘子也因为汗水在往下滑。

酒店的那个女人触摸到他的大腿，然后向上滑动。

"都已经过去了。"她说着，伸手去拉他的裤子拉链。

她拉开了，抚摸着说道：

"让我把它带走吧，来吧，让我带走你的秘密。"

先生又说：

"她一说完，我就拉上拉链站了起来。"

我注意到他的声音因威士忌变得含混不清，我只想让他闭嘴，想把盘子砸到地上，想看着瓷器碎片散落在厨房。

故事的结局我不知道。先生，那个医生，那个好父亲，他没有告诉我结局。至于有没有把结局告诉酒店那个女人，我也不知道。如果他告诉领导女孩已经死了，他已经无能为力，会怎么样？我不明白这为什么是个秘密。他喝完了杯子里的威士忌，站起身说道：

"有时我会梦见那个女孩。有时我看到了那双深不见底的眼眸，就在胡利娅黑色的瞳孔中，在胡利娅苍白的脸色中，在我女儿的绝望中。"

他最后一次斟满了酒杯。

"你呢，看到了什么？"他问我。

先生看着我，那张脸都快从头颅上掉下来了，他在问我看到了什么。他的保姆在他那张扭曲的脸上看到了什么？他也问了酒店里的那个女人。在告诉她秘密之后，他问她看到了什么。那个女人用假惺惺的嗓音说：

"看到了一个性感的男人。"

他制止了那个女人。要她说实话。他一把抓住她的胳膊。那个女人犹豫了一下。

"一副躯壳。"她说。

她说得没错。

那个女人没有说话。先生告诉我，他看到那个女人眼中涌出了恐惧。"我很熟悉恐惧。"他说，然后明确地对她说，他不会碰她。

他突然头晕目眩，躺了下来。他觉得墙壁在崩裂，空气中弥漫着那家老医院的陈旧气息。那个女人问他怎么了，他认为是恐慌症发作了，但这让他更加用力地贴在床上。他的肺开始收缩。手开始颤抖。他觉得自己快要死了。在那张床上，在那家破酒店里，人们会发现他的尸体。他转向那个女人，费了很大力气才说出话来。他恳求她分散他注意力，给他讲个故事，让他忘记那个小女孩的脸，忘记那双盯着他的眼睛，那双已经黯淡无光的黑色眼睛，那是他女儿的眼睛，他宝贝女儿的眼睛，就镶嵌在那个逝去的女孩脸上。

起初，她不知道该说什么。后来她开始讲，那是她最后一年大学时光，她需要还清五年的学业贷款。他在听，还让她讲一下她那天学了些什么。他每天晚上都这样要求他的宝贝女儿，他的胡利娅，那天早上她还活着，活生生地躺在床上睡觉。

那个女人沉默不语。

"求你了。"他恳求她。

她下了床，整理好裙子，拿起外套和钱包。

"悲剧的定义是，"那个女人说，"我们总是知道结局。从一开始，我们就知道俄狄浦斯杀父娶母、双目失明的命运。但是，我们依旧往下读。就好像我们知道结局，却继续活着。"

我感到喉咙发紧。先生紧紧地抓着头，好让它不要滚到脚下。

瓶里的酒快喝完了，他让我再拿一瓶威士忌。我从储藏柜里拿出一瓶新的，把酒瓶凑近他的杯子，看着金色的液体缓缓地流淌下来。我竟然倒了那么久才把杯子满上。时间的脚步，在那个清晨，第一次如此停滞不前。

"结局是什么？"先生问那个女人。

你们当然已经知道结局了。我说的当然是你们，坐在玻璃另一边的你们，似乎面对这样的一个故事，你们居然还能无动于衷。别装作你们看不见我。别装了，你们知道结局，但在当时，先生并不知道。

"你的钱我拿走了。我走了。"她回答道。

先生同意了。

"那你就躺在那里，大笑几声，肺里就有气了。"

先生再一次答应了。

"振作起来，下来到浴室里把脸弄湿，你一看到自己，就一拳头把镜子砸碎。在碎片中，你看到了自己，然后拆了急救箱，用木头最锋利的一端把洗脸池砸成两半。破坏能使你平静。力量能使你安宁。瞬间你就舒服了。你会觉得自己很强大。等你回到家，坐在餐桌旁，和保姆喋喋不休地聊，这时，你才注意到手上的伤。然后，你当着她的面喝得酩酊大醉，喝到你身体所能承受的极限，然后就去上床睡觉，不用处理伤口，哪怕你作为优秀医生的白色衬衫已经被鲜血染红。"

先生站起身，踉踉跄跄地朝走廊走去。外面天已经亮了。血渍从拳头一直延伸到胳膊肘。就算泡一整天，也不可能洗掉了。

"然后呢？"他又问。

"你先去吐，使劲儿吐。躺到床上之后，你就把身子紧紧地贴在妻子身上。但你不碰她，不要碰，你再也不会碰她。"

"这不可能是结局。"他对那个即将离开的女人说，"你说过的，是悲剧。"

"那你问。"她一边回答，一边拿走了钱包里所有的卡、钞票和证件。

"你问。"她又说。还没等他问，就摔门而去。

我不知道他问了什么，当时在厨房里他没告诉我。就算现在知道了，又能怎样？先生盯着我，站都站不稳。他的眼里尽是泪水，威士忌在他的血管中流淌。

"埃斯特拉，你知道悲剧是什么吗？"这是他跟我说的最后一句话。

从走廊那边传来了闹铃声。时间是早上 7 点。

悲剧就从这里开始。

那天，先生一直躺在床上。他告诉妻子他发烧了，咳得很厉害，然后把自己锁在卧室里看新闻。午饭时，他打电话给我，让我给他做清汤。我进去的时候，尽可能地避免看到他，便一直盯着电视。一个街头的商贩在警车里大喊大叫。"我80岁了，"她说，"我没钱，我得挣钱，别扔掉我的东西。"我走过去，先生紧紧地接住餐盘。他狐疑地看着我，我明白，他是在担心他的秘密。我放开餐盘，回到厨房，几个小时就这样过去了。洗碗、晾碗、收碗，一切又从头开始。

那天晚上睡觉的时候，我特别疲倦，却怎么也睡不着。我担心他又不去上班，就会在洗衣房碰到雅妮。另外，他的讲述、他的悲剧、他的秘密一直困扰着我，但我不断地告诉自己：埃斯特拉，还能发生什么呢？可我没想到，所有的一切即将在倏忽之间结束，生活暂停了数年之久，然后在几天之内就完成了报复。

我还没睡着，半睡半醒，突然听到了尖叫声和一个很粗的声音，我听了好一会儿。那声音有些怯懦，终于，我听出来了。是先生的声音：

"全拿走。全部。"

不会吧。我躺在床上一动不动。当时是晚上，一切都隐藏在黑暗中。我也是，还有声音，也藏在黑暗中，所以是安全的。先生充满恐惧地再一次说道：

"全部，全部拿走。"

还有小姑娘断断续续的呜咽声，夫人一声不吭，两个男人，因为他们有两个人，大吼着。

"钱，王八蛋。"

"钱呢？王八羔子。"

"手机，他妈的。"

家里没钱。只有先生和夫人的钱包里有钱。

"你，身上的珠宝，臭婊子。"

"银行卡。"

"钻石。"

"不许哭，你个傻逼。"

"闭上你的臭嘴，臭婊子。"

"叫什么叫，臭婊子。"

"臭婊子。"

"再不闭嘴，小心我把你操了。"

我等着那两个人离开，等着他们的声音消失，然而没有。我听到他们进了厨房，打开抽屉、橱柜。我能听到自己的呼吸声，在里面，在外面。一声心跳，又一声心跳。直到卧室的门被推开，厨房的灯全部照进来，打在我的脸上。

我一动不动，假装睡着了，装死，被子紧紧捂到脖子。一只手抓住了我的头发，猛地一扯。我迷迷糊糊地从床上站起来。我没有害怕，没有，心脏还是缓缓地跳动。当我看到眼前的面具时，我却怕了。一张黑色的面罩，没有鼻子，没有嘴巴，只有两个洞，露出后面那双疲惫的眼睛。

他一直在颤抖，面具之下的牙齿咯咯作响，眼睛不停地眨啊眨，就像在努力把自己从这场噩梦中唤醒。他把我的头发拽过来拽过去。我听到了一根根头发脱落的声音。然后，他靠近我的脸，似乎对他所看到的一切心存怀疑。于是，我看到了他眼中的悲伤，听到他压低了声音。

"帮个忙。"

他是这么说的，我感觉是。

他一个人进来的，和我在一起，另一个人打碎了所有的盘子、杯子、碗碟，弄得我后来特别仔细地清扫，生怕扎到先生的脚、夫人的脚，还有小女孩娇嫩的脚。割破，流血。我看着他的眼睛，那张脸上唯一的东西。他又说话了。

"帮个忙。"他重复道。

不知道为什么，那一刻我想起了我的圣地亚哥之行，想起了大巴车上陈旧和温热的空气，想起了那个在特木科上车后整晚都没合眼的小伙子。他的眼睛又大又黑，也流露出忧伤和疲惫。母亲曾告诫我不要离开岛，就留在乡下，在南方受穷还好一些，将来只能做女佣，太难了，几乎做不了别的。"那就是一个陷阱。"她说。"你等着幸运之神降临，暗暗对自己说：我这周离开，下周一定离开，下个月是最后一个月，肯定离开。不可能的，孩子。"母亲警告我。"你走不了的，你不能说停下，不能说我不干了，我累了，夫人，我背疼，我要走了。这不像在商店打工，或者在田里收土豆。这是一种无法计数的工作。"母亲这么说，"甚至，他们还嫌你懒，吃太多，指责你把衣服和他们的衣服一起放在洗衣机里洗。可就算是这样，孩子，一切还是照样发生。你会产生感情，明白吗？这就是我们，闺女，人就是这样的。所以别去，听我的。如果你去，也不要动任何念想，没必要去爱那些指手画脚的人。他们只爱自己。"

我答应母亲几个月后一定带着一大笔钱回来。我要给她买平板电视、亮闪闪的新鞋、两头牛、三只羊，我还要把房子扩建一下，添一间浴室、一间阳光房。我滔滔不绝地说着，母亲却摇了摇头。她骂我是头倔驴，还拒绝送我到汽车站。她警告我不要再回来，甚至别回来看她。

车上的小伙子也去圣地亚哥。他要去一家购物中心当保安，以后不去锯木厂了。他为自己砍倒的松树和大橡树感到心痛。他说，几年后他要带着很多钱回到特木科，他要去山里过日子。他说那里有一条春天才会出现的河，还说他将来会有两匹属于自己的马，一个叫平平，一个叫均均。

我望着窗外，默数着路边的祭坛，悼念逝者的烛光照亮了前路。过了一会儿，天开始亮了，北方干燥的空气让我觉得嘴唇很干。他递给我一杯饮料和半个香肠面包。我不饿，但还是接着了，我对他说："平平和均均。"他笑了，但眼神依旧认真。到了圣地亚哥，他匆匆忙忙地下了车，随即消失在熙攘的人群中，这时我才意识到我还没有问他的名字。世界上有两种人：有名和无名。只有有名字的人才不会消失。

就在小伙子把我来回拽的时候，我的脖子一阵刺痛。我试图挺直身子，好缓解一下，不行。他的黑色头套勾勒出颧骨、下巴和眉毛的线条。我急切地想看看面罩下面到底是什么。他是谁？他想从我这里得到什么？

我想都没想，伸出手摸到了面罩，还有尖削的骨骼。他呆住了，平静了下来，似乎从来没有人摸过他。然后，我从脖子那里揭开他的头套。就像从头颅上扯下了一层粘在皮上的硬壳。

我把头套扯了下来，任其落在我和他的脚边。他几乎就是个孩子。一个孩子，但又不是一个真正的孩子。那是一个没有真正经历过童年的人。

我们就这样愣了很久。我触摸着他温温的脸庞，手指抚摸着他的下巴。外面，玻璃落地的声音吓了我一跳。小伙子似乎反应过来了，紧紧抓住我的手腕，逼近我，在我耳边说：

"张开嘴。"

顿时，我的胳膊和腿都僵住了，手指抽搐了一下。我咬紧牙关，紧紧地闭住嘴巴。这个人想干什么？他到底是谁？

"张开嘴，妈的。"

我觉得很冷。那种冷值得用另一种言语来形容。小伙子一直压低了声音说，没有吼叫。他只说给他自己和我听，就像一个秘密。他和我一般高，到我这儿，对，就这么高，但比我瘦弱得多。那不堪一击的身板，充斥着仇恨、悲伤和颤抖。那个男孩儿浑身都在抖。

"张开，快张开。张开！妈的！"

门的另一侧，在厨房里，我听到小姑娘哽咽地哭着，夫人和先生都默不作声，但他们的沉默与我的沉默毫不相干。他们俩都哑巴了，甚至说，他们更加平静了，因为现在的目标是穿着睡衣的嬷嬷，她这会儿僵直了身子，瞪着眼睛，紧闭着嘴巴。

"王八羔子。"

那个小男人是这么说的。

他接着说：

"张开，妈的，小心我给你的臭嘴凿个洞。"

我以为他要杀了我，我以为我要死了。很奇怪的念头。我以为这个小男人会把子弹射进我的嘴里，让我彻底静下来。我想起了母亲，想起她那双风吹日晒的手，想起她睡前光洁的皮肤，于是我觉得，母亲在我的记忆中，她是安全的，永远安全，我就要去那遥远的地方陪她了，她正在那里等我。

于是我松开了嘴唇。我张开嘴巴，盯着他的双眼，准备好了迎接枪口的冰冷，接下来就结束了，什么都没了，彻底没了。

我平静地看着他。他也看着我。我们的目光交汇在一起，我感到泪水从脸庞滑了下来。接着，那个男孩向后一仰，清出一口痰，吐到了我的嘴里。

"臭不要脸的奴隶。"

他说了这么一句话。

接着，他出了房间，抓住同伙的胳膊，离开了。

没过几个小时，警察来了。小姑娘躺在父母的床上，像小时候一样蜷缩着，其他人围在了餐桌旁。

他们让先生做笔录。他没有说他的银行卡在前一天晚上被偷了，也没说他的钱包里有写着家庭住址的证件，也没说他知道谁可能是幕后黑手。他没说什么，倒是夫人替他们俩做了陈述。

她说完后，我担心自己被要求作证。要我说出那个小伙子的门牙有缝，嘴角上扬，好像很高兴的样子。然而并没有。快要轮到我的时候，当我开始考虑该说什么、怎么说的时候，他们把夫人的陈述念给我听。年纪最大的那个警察问我内容是否属实，还没等我张口，他就把纸递给我让我签字：

"埃斯特拉·加西亚，40岁，单身，保姆。在此次袭击中，本人未受到身体伤害。特此声明。"

然后，不知道为什么，他把一小团棉球塞进我的嘴里，取了一些唾液。

大概一两周之后，屋里出现了枪。很长一段时间，先生都沉迷于各种武术课程、徒手杀人技、防卫术。变强。战斗。捍卫属于自己的一切。还好，他没想过买一条警犬来替代雅妮，而是选择了那把简单的左轮手枪。直接把子弹射进那个歹徒的眼睛里。再也不会有人让这位医生感到害怕，让这位先生当着女儿的面、妻子的面，还有嬷嬷的面吓得屁滚尿流了。

我在做大扫除。抖地毯，洗窗帘，更换换季衣服。从一个衣柜到另一个衣柜，从一个抽屉到另一个抽屉，雅妮喝完水，吃完面包，就睡在洗衣房里。它进来的时候，把厨房的各个角落、每一件家具都嗅了一遍，仿佛那些人还在那里。小姑娘在学校，先生和夫人都在上班。母亲依旧在安息。主卧室的电视上播放着渔民罢工的消息。他们找不到小鲨鱼和石首鱼了，希望拖网渔船离开那里。有个人说，那些船一个都不留，连鲸鱼都被他们杀了。我见过鲸鱼，海里的黑色鱼鳍。我以为是块轮胎，但母亲让我等着。她说："孩子，事情并不是看上去的那样。"突然，那条鲸鱼一跃而起。

当我终于把衣柜清空，再次沉浸在回忆中时，我注意到抽屉里有一个我从未见过的东西。我以为是一只袜子，面料很滑。我把它拖过来，揭开裹在外面的手帕，只见我的右手掌托着一把手枪。你们拿过手枪吗？很重，要弯曲手腕、手臂，整个房间都得弯曲，才能平衡它的重量。

那个画面令我混乱，不知道我能不能说清楚：我的指关节已经磨损得开裂，此时正握着一把坚实的左轮手枪，而且是真的。我把手指搭在扳机上，伸出手臂，对着衣柜。里面挂着先生的蓝夹克、黑西服，白色、浅蓝色、灰色、粉红色衬衫，他的白大褂，还有那件连衣裙，黑色连衣裙，那条夫人从来不穿的裙子，因为它看起来很庸俗，因为保姆穿过它。我揉搓着那条裙子，感受到从指尖传来的面料质感。我不假思索地把枪口对准了太阳穴。

冰冷的金属让我不安，但真正让我害怕的是，枪口竟冒出了蒸汽，似乎子弹已经射出，地板上正躺着我的尸体。我没想过子弹有没有上膛。估计上了。一共五发子弹，手指一旦碰到，就足以让一颗子弹穿过我的脑袋。我的指尖轻轻按了一下。浑身一阵冷热。又冷又热。

有意思的是，大家终有一死，不是吗？所有人，包括你们。这一点毋庸置疑。答案永远不变，无论问多少次。抬头看看你们的母亲、父亲、狗、猫、女儿、儿子、带鹀、鹈鸟、丈夫、妻子，答案一直是：对，对，对。只有两个问题回答不了：怎么死和什么时候死。但是那把枪绝对可以十分确定地给出答案。

枪属于主人，属于主人的恐惧。袭击事件的当晚，我在他眼里看到了恐惧。也许这就是他恨我的原因。他的保姆看到了太多。她曾看到他和妻子做爱，看到他在房间里赤身裸体，看到他害怕死亡，胜过他的妻子、他的女儿、他的保姆。

我把手枪裹在手帕里，当我准备把它放回原处时，我后悔了。我把手枪拿到后面那间屋，放在床垫下面，以防有一天，一个下午，我不得不回答这两个问题：怎么死？什么时候死？

还是那一周，安保公司的人来了。小姑娘又尿床了，为了让她有安全感，真正的房主和安保公司签了合同。夫人说：

"埃斯特拉，去开门。"

接着说：

"你盯着那些人，听到了吗？一直盯着。"

我没必要回答。也许永远都没这个必要。母亲早就警告我："这是个陷阱，孩子。"可是母亲已经离我远去了，至今未归。她说得没错，那是一个陷阱，永远无法出来的陷阱。

那些人从一辆皮卡车上下来，车上有两个工具箱和一堆带刺的铁丝网，他们把铁丝网展开沿着栅栏围了一圈。没看见他们什么时候，在哪里给铁丝网通了电。夫人和小姑娘去超市了，先生在开会，我坐在厨房切卷心菜，擦胡萝卜丝。

固定好电线后，他们敲了敲房门。进门后，他们在客厅的天花板上安装了传感器、照亮花园的自动射灯，还有一个拍摄外面的摄像头。他们让我在一张纸的下方签字，我签了。他们当中有一个人很高，有点驼背。当我写下我的名字时，他说：

"如果有人翻墙的话，会像煎鸡蛋一样触电。"

随即，他龇出一口黄牙，我看到他的嘴角是向下的。

晚上，夫人把全屋的警报设备都测试了一遍。她说警报器的密码是"2222"。她教我怎么装，怎么拆，然后就让我切几片牛排。

"切厚一点，"她说，"这样才能肉汁饱满。"

我把刀尖扎进塑料包装，一股金属的血腥味弥漫在厨房里。这时，一只苍蝇落在了我的手上。别以为我在说废话。那只苍蝇很重要。

我试着不去搭理那只苍蝇。我把里脊肉放在砧板上。刀刃穿过脂肪、肉筋，一直到坚硬的木板。木板上重重叠叠的刀痕分散了我的注意力，我寻思，如果无视这些刀痕呢？西红柿、鸡肉、辣椒、洋葱。一刀又一刀，一刀又一刀。它们是来自前人的信息。是对后来者的警告。

我把肉放在盘子里。正准备加盐和胡椒，却发现没有盐了。调料瓶里没了，储盐的罐子里也没了，储藏室里也没有盐了。知道一公斤盐能用多久吗？母亲去世后，我在沙拉上撒盐，在炒鸡蛋上撒盐，在黄油煎鲑鱼上撒盐，一周又一周，已经过了很久。一公斤盐已经吃完了，而我还在那座房子里。

我吞了吞口水，心里五味杂陈。那只苍蝇停在一处肥肉上。它有一个五彩斑斓的脑袋，黑色弯曲的腿正在摩拳擦掌。我挥了挥手把它赶走，结果它又回到了原处。我又挥了挥手，它嗡嗡地飞了起来，我以为它就飞走了，结果直冲冲地朝着我的眼睛飞来。我闭上眼睛，两只手一起扇，它竟然试图钻进我的耳朵。两只耳朵都有。不仅一只苍蝇，是一群苍蝇围着我的脸。我感觉它们的翅膀撞击着我的眼皮，它们的腿摩擦着我的耳膜。我绝望地往后退。一步，两步。

我不知道自己被什么绊倒了。脖子后面撞了一下，手掌一股暖流。我睁开双眼。发现自己正躺在厨房的地板上。苍蝇在我的膝盖上痴迷地摩擦着它的腿，我的手紧握着温热的血刃。

我想坐起来，却怎么也起不来。头晕目眩，心里恶心。手上有血，掌心有伤，膝盖上有苍蝇，嘴里有痰，母亲被埋在地下。所有这一切正绕着我转啊转。接着，我听到了响声：

咔哒。

咔哒。

咔哒。

我不知道他们有没有听到。估计没有。可能是我一直沉默，听觉变得敏锐了。我开始深呼吸，直到自己平静下来。我站起来，洗了洗手，把伤口和刀刃上的血迹洗掉。我把牛排煎好，还拌了沙拉。他们说味道不怎样，但我没有回答，我不得不一直想着那个声音：

咔哒。

咔哒。

咔哒。

像一颗定时炸弹。

刚开始的几天，小姑娘显得特别焦虑。遇袭的那一周，夫人不想让她去上学了。她觉得应该再等等，但先生说服了她。让生活回归正轨才是最重要的。停止就是倒退。要正常化。向前迈进。先生亲自送小姑娘去学校，结果不到两个小时，小姑娘又开始肚子疼，身上起疹子。

　　我同意她待在厨房里。虽然夫人禁止她在做作业之前看电视，我还是打开了。正在播放一个动物节目。大象年复一年地去同一个石窟朝圣，它们舔舐石壁上的矿物质，然后躺下等死。雅妮在洗衣房门楣下打盹。小姑娘一看到它似乎很兴奋，想上前摸它，但她肯定想起了上次的腿伤，没有过去。我知道，不应该让小姑娘见到它，但我实在不忍心把雅妮赶出去。那头最老的大象却离开了象群，误入了一条竹林小径，躺在黑色的天空下等待死亡。

　　小姑娘转过头问我，为什么当时不害怕。

我没有回答。

其他大象继续向前方赶路。它们放慢了脚步，带着些许悲伤和踌躇，但毫无疑问，它们还是继续朝前走。

"我看见你了，"她说，"你摘下了他的面罩，嬷嬷。"

我走到她身边，蹲了下来，摸了摸她的头，她的辫子乱了。

"他长什么样？"

我想回忆起那张脸，但做不到。我只能看到母亲的脸，没有血色的嘴唇，眼里充满了温柔，牙齿圆润，但不够完美。

小姑娘又问我为什么不怕。

"我爸爸尿裤子了。"她说，"他尿在裤子里了，我看见了。"

我把她的法式辫子松开，重新一缕一缕地编。编好之后，我吻了一下她的额头，心想自己将来会不会想念她，等我离开之后，会不会想念那些霸道又无礼的提问？

"你为什么不说话，嬷嬷？"

我当然会想念她。就像想念一种习惯，直到它被新的习惯取代。

我给她做了香蕉奶昔和果酱吐司，她连碰都不碰，她说不饿，不想吃东西。我看她憔悴不堪，目光呆滞，毫无神采。我在记忆中搜索她的脸孔是什么时候开始变的。她看起来很疲惫，甚至精疲力竭。仿佛她已经活得够久了。

奶昔变黑了，夫人下班回到家，把它倒进了下水道。她站在那里停了一会儿，凝视着堆在洞口的水果纤维，仿佛那里有解决女儿问题的答案，那里有把女儿带离那条巷子的出路。

过了一会儿，她打开电视，给自己做了一盘生菜拌豆子。水芹拌豆子。苦苣拌豆子。

新闻里正在插播一段快讯。街道被切断。路障。数以百计的蒙面人。抢劫。纵火。

我抬起头。圣地亚哥、安托法加斯塔、瓦尔帕莱索、奥索尔诺、蒙特港和蓬塔阿雷纳斯都发生了抗议活动。屏幕上分了六个方框，每个框都一样，只有一个框里面一名记者正在采访一个眼神疲惫的妇女：

"他们想让我们低头。"她说，目光紧盯着镜头。

夫人站在那儿一边看新闻，一边吃。她不紧不慢地吃完沙拉，清了清嗓子，皱着眉头摇了摇头，电视上，一群人拖着几个轮胎把道路截断。

先生走过去看街上发生了什么。后来我才知道，他们俩非常担忧。木材厂附近也发生了抗议活动。甚至诊所的那些公职人员也加入了游行队伍。"不满。"他们俩说。我听到他俩对着电视机吵了起来——老板、老板夫人、电视里燃烧的火焰、蒙面人。因为看不到脸，这些身躯看起来都长着同一张脸。我以为他们俩在吵，或者说我当时只能想到这一点，因为夫人把电视关了，她有点儿不耐烦，有点儿恼怒，后来我才明白，这一切的背后其实是恐惧。

他们刚离开厨房，我又听到了来自外面的那个声音：咔哒、咔哒、咔哒，但我没多想。小姑娘又开始闹脾气了。她在走廊里又哭又闹，但没过多久她就累了。夫人见她疲惫不堪，脸色苍白，毫无活力，一直想哭又哭不出来的样子，便去找她丈夫商量。

"这不正常。"她说。

他摆了摆手。他在打电话。

大概过了一天还是两天，谁知道呢。

我正在洗衣房里把衣服分类：白色毛巾、白色内裤、白色T恤。那天是星期一，你们记下来。因为每周一家里所有的床单都要换洗。我说什么？全部换洗。每到周一，我，一个人，要洗所有的床单。把它们从床上扯下来，扔进洗衣机，看着它们被水淹没。你们想过有多重吗？太重了。就算是练过的人也困难，比如练过游泳的人。我不会游泳。这个你们记下来了吗？就算如此，当我看到胡利娅浮在水面上时，我还是跳进了水里。

太阳高挂，橘色的阳光照耀着大地，我决定不用烘干机了，把床单全部晾在绳子上。沉重的湿床单很快就会在洗衣房翻飞起来。雅妮蜷在洗衣机边上打鼾。宁静。信任。远离现实。小姑娘在厨房里把电视声音开到了最大。她父母在上班。那是平静又平常的一天。

我刚把床单晾好，小姑娘就过来问我，为什么要给她庆生。她的生日很快就到了，她妈妈答应给她办一个化装舞会。裙子也为她准备好了。小男孩儿都扮成超级英雄，大家戴上各种面具，有怪物、动物，谁都认不出来彼此。小姑娘想知道我们怎么知道坏人会不会出现。她不再说话，好像在想什么重要的事情，她问我为什么那个戴头套的人那么恨她爸爸，还有她的妈妈。

"嬷嬷，他也恨我吗？"

这就是她想知道的。我不停地把床单拉平展，不留一丝褶皱。因为一旦留下褶皱，熨斗也熨不平。把床单晾得越平展越好。她崩溃了，因为我没有回答她。她开始大吼，尖叫，打我的腿。她又饿，又困，又怕。她不明白为什么，为什么还要过生日？为什么要穿那件白色的公主裙？她不想长大了。

她的脸都扭曲了，错位了。我在想，她到底从何时开始这么绝望？

"嬷嬷，为什么要戴面具？"

"为什么？为什么？"

"为什么不跟我说话？"她说。

"说！"她命令道。

"你不说我就告你，嬷嬷。"

那是一次预警。我看着她的眼睛，觉得自己可以看穿她：她的恐惧、她的焦虑、她无尽的傲慢。我本可以回答她说：小兔崽子，没教养，粗鲁，一句话就让她下不了台。然而，我的声音已经离她太远了。

听到小姑娘的威胁，雅妮抬起了头，警觉地站了起来。

我要去告你，小姑娘说着就跑进了屋子。

雅妮后腿一弯，头靠在地板上，闭上了眼睛。雅妮好像老了，于是我自语道："就像你一样。你也老了。"于是，我很清楚，我必须尽快离开。母亲已经不需要钱了。我可以把狗带走。带走那只温顺的毛孩子，此刻它正在打盹，床单的影子抚慰着那一身枯燥疲惫的毛发。

估计是这个想法把我的魂都带着远走高飞了，我都没听见她进来。我没听到汽车声，没听到钥匙声，也没有听到高跟鞋穿过厨房的声音。只听了一声惊呼，接着是我的名字，尖锐刺耳，仿佛被裹挟在丛棘之中。

"埃斯特拉。"

她说，面前是那条陌生的土狗，那条没有教养、平凡无奇、有潜在危险的狗。雅妮一下子站了起来，露出那口衰老的獠牙。

"这是什么？你怎么想的？"她失魂落魄地说。我看到雅妮脊背的皮毛竖起，眼神是充满了恐惧。小姑娘站在母亲身旁，嘴角露出一丝狰狞。那是一种介于愤怒和复仇之间的姿态，而这让她瞬间变成了一个成年人。她和她的母亲用同样的表情看着我，我看到她们俩的嘴角都开始向下弯。

雅妮开始向后退，靠着洗衣房的墙壁。我还记得它当时看着我，仿佛我对它食言了。与此同时，夫人把它挤到墙角。她拍着手，张开双臂，大声喊道：

"滚出去，臭狗子，滚出去。"

她把雅妮朝外面赶，远离她的地盘，远离她的女儿。

雅妮贴着墙原路返回，穿过了连接洗衣房和前院的小路。它身后跟着夫人、小姑娘和我。

到了前院，就在离栅栏几米远的地方，雅妮停了下来。我不知道该怎么办，该如何向雅妮解释这不是我的房子，不是我想把它赶走。它一动不动，已经到栅栏边上了，但又不敢动，不敢从那里逃走。

夫人绝望了，她大声喊道：

"埃斯特拉，你来。"

接着又喊：

"滚出去，臭狗子，滚，滚。"

雅妮还是愣在那里，动都不动。小姑娘在吼叫声中开始抽泣。夫人使劲儿挥舞着手臂，突然，她停了下来，看着一旁的水管，又看了看狗，做了一个决定。

　　她把水龙头开到最大，对着雅妮的胸脯喷过去。雅妮湿透了，狂吠起来。凄厉绝望的叫声让我心碎，但这并没有让夫人停下来。她把水喷向雅妮的眼睛，它半睁着眼皮，呆呆地站在那里，不知如何是好，最终，它放弃了，从栅栏间溜走了。这时，时间凝固了。你们记一下。时间静止了，或者说，时间依然在流动，只是我不在那里了。雅妮正准备离开时，它的身体一半在外面，一半在里面，尾巴在院子里，头在人行道上，我们都听到了，夫人、小姑娘，还有我，一声硬生生的击打，咔哒，就像鞭子在抽打。它来自电栅栏，来自高压线，来自房屋墙壁上的铁丝网。伴随着这一声而来的是白色、红色和黄色的火花。

　　整个街区的灯闪了一下，随即就灭了。整条街和整个房子都暗了下来。响声没有了，我听了好几天的"咔哒"声也消失了，寂静得让我意外。几秒钟后，灯又亮了。街上所有的房子都响起了警报。其余所有的狗都被这高亢而可怕的声音吓得嚎叫起来。

　　我捂住嘴，仿佛要说出什么话来，但被我止住了。我跪倒在雅妮身边，它已经晕倒在地上，脑袋躺在人行道上，剩下的部分躺在院子的草坪上。我摸了摸它，摸了摸它的腹部，我感受到了它的呼吸。它身上还是温暖的，它还活着。它没死。

小姑娘突然放声大哭。夫人也尖叫起来：

"别碰它，埃斯特拉，会触电的。"

她的声音听起来很遥远，似乎是从水底传来的。我向前倾了倾身子，手穿过栅栏，摸到了它的脑袋，我两只手把它托起，看着它的眼睛。那不再是它了。那双眼睛里没有雅妮，取而代之的是一种哀求，一种绝望的哀求。它很痛苦。它的呼吸变得沉重。我的狗就要死了。小姑娘哭个不停。夫人大叫着让她进屋，不要看这一切，不要看。但是她，这个小女孩，她必须看。

我亲了亲那个硕大的脑袋，我希望它死在那一刻。"够了，"我心想，"够了，够了。"但我的想法并不能结束它的痛苦。

我站了起来，看了一眼夫人，毅然决然地朝屋里走去……我在说什么，不对。请你们把这句话划掉。

我的身体仿佛自己在动，那副身躯里没有我，因为我从来没有放弃过和雅妮在一起，我从来没有放弃爱抚它，我从来没有抛弃过它，但是那个女人，那个过去的我，站了起来，走进后面那间小屋，把手伸向了床垫下的那个武器。

我拿着手枪回到栅栏旁，那把枪没那么重，也没那么冰冷了，非常完美。没错，我当然想过杀了她。把子弹射进夫人的心脏，让她死在她的花园里，拿着她的枪，在她唯一的女儿眼前被她雇佣的保姆杀害。

我来到雅妮身边，看到它的肚子在颤抖。那是我最后一次看着它，我缓缓地眨了一下眼睛，毫不犹豫地在两耳之间对准，松开枪栓，一枪打在了那颗柔软的脑袋上，一条温顺、永远美好的狗。

血溅到了围裙上，枪声吓跑了一群椋鸟。枪声、嘈杂声，震撼了我。就好像，我突然醒了。

现在，朋友们，希望你们注意听。我想我已经说了很多，吊足了你们的胃口。如果你们还在，还在那里，请放下你们手里的事情。我知道我耽误了很久，我知道我有时似乎在引导你们从一个弯路绕到另一个弯路，但还能怎么做？没有弯路，就不可能认清主路。

有时，事实的呈现会迷乱人的心智。这是语言的错误，明白吗？语言脱离于事实，不可名状。而这就是我在那座房子里所经历的，积累了太多沉默，最终，地崩山摧。连最简单的思维能力都支离破碎，连普通的日常行为都荡然无存。如何吞咽才不被卡住？如何把气从肺里排出？如何召唤下一次的心跳？当这种情况发生时，便无法理解现实。没有语言，你们明白吗？没有语言，就没有秩序，没有现在，没有过去。比方说，不能问物体能否看见我们。是柳树、仙人掌、天竺葵在凝视我们吗？还是说，是我们凝视它们，并一个一个地给它们安了名字：柳树、仙人掌、天竺葵。如果我们不说话，它们会消失吗？还是说世界依旧运转，无恙，无言？

我不知道你们能不能理解我。我知道这很难，让人有些迷惑，然而想想太阳吧。我时常觉得太阳让人难以理解，它的目的是什么？动机是什么？它为什么坚持？为什么每天，甚至每天清晨都坚持不变？太阳，太阳，还是太阳。我痴迷于太阳。即使乌云密布，夜黑风高，太阳依然是真理。不容置疑的真理。超越眼睛和语言的真理。而你们，朋友们……我该如何理解你们？你们和太阳一样，还是说，我一闭嘴，你们就无影无踪。当你们不在这里的时候，对着镜子刮胡子或者扣衬衫的时候，或者当你们用化妆品遮住脸，再涂上口红让自己光彩照人的时候，你们怎么想你们自己？你们是谁？衣着如何？讲话的声音如何？是谁站在墙后不抛头露面又评头论足？

真相在毫无征兆的情况下发生了，这一点你们现在要明白。在没有征兆的情况下，很难阻挡事情的发生，几乎不可能。

小姑娘试图止住哭声。

"死了吗？"她满脸泪水地问。

夫人点点头说：

"嗯。"

小姑娘看了看枪、我的手、鲜血和那条狗。就在那一瞬间，一个念头萌生了。我很确定。一个黑暗的想法已经在她肥沃的思想深处扎根了。

夫人夺过我手里的枪。我不知道她是怎么卸下子弹的，4颗子弹落在了新割的草地上。第5发子弹已经在雅妮柔软、安静的身体里。她把小姑娘抱在怀里，进屋时，她转过身说：

"你自己处理那条狗。"

然后又说：

"我叫人把它抬走。"

我看了她一秒钟，那一秒钟很长。雅妮一动不动，没有呼吸，没有吠叫，没有呻吟。生——死。是的，这是当时出现在我的头脑中的词。连接这两个字的线，不过是一眨眼的工夫。雅妮生——雅妮死。母亲生——母亲死。我当时想，死亡是回到纯粹的过去。无病无痛。死亡很简单，很快。死亡并不可怕，明白吗？死亡从未可怕过。可怕的、令人恐惧的是死的过程。

我从储物柜拿了一个垃圾袋，回到前院。我跪在雅妮旁边，把它放到口袋里。它重得惊人，于是我把它拖到洗衣房。放在地板上，放在熨衣板旁边。第二天早上会有人来。一个戴着手套的男人会抬起它的尸体，用一辆面包车把它运走。我想到燃烧的尸体、气味、火焰。我想吐。现在我又有那种感觉了。

不知为什么，我站在那儿，等着警察来。可能担心邻居报警，但转念一想，警察不会为一条死狗过来。我便离开厨房，把自己锁在后面那间屋子。我在卫生间洗手，洗指甲、指甲缝、每一根手指、指缝，直到它们变得一尘不染。这时，夫人最后一次朝这边张望。她站在那扇玻璃门口，那扇属于她的家、她的社区、她的国家、她的星球的那扇门，讲啊讲，讲啊讲。

"你疯了。"她说。

我没有回答。

"你疯了，埃斯特拉，你怎么想的？"

我不记得她还说了什么。只记得在她身后的电视里，播放着市中心的抗议活动、瓦尔帕莱索的街垒以及安库德桥上的群众游行。远处，是通往小岛的运河。在小岛的乡间，有母亲的房子。那才是我该去的地方，而不是圣地亚哥。

小姑娘把一切都告诉了夫人。那只狗已经来了好几个月了，它叫雅妮，几周前它咬了她的小腿。她还提到那只肉粉色的胖老鼠，提到血顺着她的小腿往下流。她说嬷嬷让她打扫厨房的地板，要她保守秘密，还把蘸了酒精的棉球敷在她的伤口上。夫人看到那两道伤疤一定不敢相信自己的眼睛。接下来，夫人又吼又叫，没别的了。后来她安静下来。最后，她告诉我，她会多付给我一个月的工资，让我尽快离开，她不想再见到我了。

"赶紧离开。"玛拉·洛佩斯夫人说。

几个小时后，等她累了，就轮到先生了。

她走进厨房，在门的另一边，看都不看我一眼，只说了声她把支票放在橱柜上了。

"凡事都有限度。"她说。

万事万物皆有限。

支票留在那儿了，去看吧，我在跟你们讲呢。一张一个月工钱的支票，好让我在整整 30 天的时间里找到新的工作，在另一间浴室、另一座房子、另一户好人家里清理粪便。

我醒来时是凌晨3点。或者说我早就醒了，一夜未眠。我起身，坐在床上，开始思考：七年过去了，七个圣诞节，七个新年。七年前的你是多么年轻，手没有这么粗糙，说话也没有这么粗声粗气。

　　借着床头的小灯，我开始寻找身上这件黑裙子、白衬衫，还有这双破旧的鞋子。我把头发放下来，梳了梳。发梢擦到了我的腰，那种触感很怪异。仿佛房间里有一个陌生女人，比我小七岁，她在上班的第一天看到了围裙和上面的假纽扣：周一、周二、周三、周四、周五、周六。

　　我穿过前院，来到街上。枫香树的树枝在灯光下摇曳着自己的影子。很奇怪，我住了这么久，竟然不知道那些影子，不知道它们在柏油路上的形状。在南方，我闭着眼睛都能分辨出每种昆虫的嗡嗡声，屋顶上美洲鸳的脚步声，以及月圆之夜的树影。我第一次在这个时间点走上这条街。也是最后一次，我心想，于是我继续沿着街道走。

我没想到会遇到卡洛斯，我不是去找他的。我只想清醒一下头脑，呼吸一下新鲜空气，思考一下。或者直接死掉，明白吗？我需要一辆失控的汽车，迎面撞向我的双腿，给我精准、致命的一击，让我来终结死亡三人行：母亲、雅妮、我，让我来为这个故事画上完美的句号。然而路上一辆车也没有，卡洛斯在那边。他坐在小超市门口的椅子上，夜色干净清澈，仿佛什么都没发生，什么都不可能发生。我看到烟头微红的火苗勾勒出他嘴角的轮廓。这个画面一直留在我的脑海里：有嘴的人，没嘴的人。鬼知道我为什么决定去见一见他。

我走出人行道，穿过加油站，避开了油管和空油桶，他一直没有发现我。甚至我离他的椅子只有一步之遥时，他都没有发现，有那么一瞬间，我犹豫了。也许我根本不在那里。也许我被车撞了，也许我还躺在房间里试图入睡，一切都是一场噩梦，只是我永远也醒不过来了。

我一直喜欢汽油的味道，不知道我跟你们讲过没有，那种味道会爬上你的额头，然后在那里燃烧。当时我闻到汽油味，立刻就产生了渴望，强烈到和我被关在这里之后的渴望一样。应该不会再有人感受到这种渴望。你们不会，我也不会。我甚至想把油管直接塞嘴里，按动开关，让汽油顺着喉咙灌进去。

我离卡洛斯只有一步之遥，当我站在他面前时，他吓了一跳。我看到他眼中闪过一丝恐惧，我松了一口气，因为他看见我了。

"咋了？"他说着就从椅子上弹了起来。

他比我稍微高一点。刚才在远处，在朝着超市过来的路上，他看起来很魁梧，但实际上又瘦又矮，还穿着那件过紧的工作服。胸口中间有一块油污。什么样的人会把油抹在自己的心上？我上下打量着他，心想，这到底是个什么样的人？

镇定之后，他露出微笑，接着讲话。

"最近怎么样？"他的声音充满温柔。

"他们把你怎么了？黛西还好吗？"

我都不记得上次听到自己的声音是什么时候了。不记得上一次是谁问候我，问我过得怎么样。母亲每次都在电话里问我同样的问题。"宝贝，你最近好吗？""臭丫头，你为什么不过来？"我不知该如何回答。如果他们真的对我做了什么。什么时候？做了什么？

路灯发出昏暗而浑浊的光。那晚天气很热。卡洛斯的脸上泛着油光。我看他一脸严肃，有些疲惫，像是工作了很久。右边的鬓角初生了几根白发。早生的白发衬托出过早的倦意。我伸手摸了摸那几根白发，很自信他不会有任何感觉。我知道这话听起来有些怪，但我当时的确是这么想的，我的沉默也隐去了我的外表，他看不到我，也感觉不到我。

很快，我发现他出汗了，指尖的湿润让我诧异。我心想，难道我也出汗了？是因为他的体温影响了我吗？卡洛斯没有等我回答。他怎么会知道我是否安好，雅妮是否安好？

他把脸靠近我，我能感觉到他的呼吸。香烟、饥饿，还有从远处飘来的汽油味的潮热。

"埃斯特拉。"他说。

我喜欢听他叫我的名字，我的名字从他的嘴巴里一字一字地吐出。他又走近了一步，托着我的下巴，看着我。我的胸部抵在工作服上的那片油污上。他的眼睛很大，充满了幻想，而我，不知道为什么，有一种闭上眼睛的欲望。

他靠在我身上，一把提起我的裙子。刺啦一声，开线了。就在这里，看到了吗？他并不想把裙子撕烂，可他恰好扯到这里了。裂了好大一个口子，我只能一针一线地把它缝好。

他把烂了的裙子拽到我的腰，然后一把扯下我的内裤，从腰到脚踝。我听到他工作服的拉链拉了下来，感受他把胸膛紧紧地贴着我。他的身体结实而温暖，我喜欢这样的接触。汗水从我的额头渗出。我更加口渴和炽热。卡洛斯用他的腿分开了我的双腿，一下子进入了我的身体。他不断地撞击着我。我感受着我们的喘息，感受他在我的耳边咆哮，温顺而安详的咆哮，不知道为什么，这让我感到悲伤。

结束后，我转过身，拉起我的内裤。夜色依然浓重。如此漫长的一夜。他想抱着我，想让我多待一会儿。

我整理衣服时，他说："急什么？"

他什么都不知道，也不会知道什么。有的人一生都过得无知无觉，毫发无损。

他拉上拉链，心口的那片污渍又一次映入眼帘。一片阴影，我心想。是那颗心的阴影。于是，带着这个想法，我转身回去了。

回去的路上，我走在马路中间。没有遇到任何车辆和动物，但走到院门口时，我突然顿住了。好像手中的钥匙无法打开那扇门。好像大门旁边的灌木丛中不存在那个洞，也不存在雅妮死亡的证据。这时我记起了那双手，就是这双手，它们把雅妮的尸体放进了垃圾袋里。就是这双手把雅妮留在了洗衣房。原来一切都是真的，真相还在继续。

　　可能你们没明白，不知道我在说什么。你们有没有体验过用眼睛一直盯着一个物体，直到最后，它的边缘就会开始震荡，模糊。还有，一直重复一个词，直到最后，字与字之间会断裂。试一下，来吧。看你们能不能一下子悟出现实与非现实。

　　雅妮，雅妮，雅妮，雅妮，雅妮，雅妮，雅妮，雅妮，雅妮，雅妮。

雅妮死了，母亲死了。死亡是三人行，无一例外。

不知道当时到几点了。4点，还是5点。黑夜的幕布依然紧闭。夫人正在睡觉，在她身边，先生沉沉地睡着。隔壁房间里，小姑娘也睡着。而我却再也睡不着了。也有和我一样的人，和卡洛斯一样的人，晚上不睡觉。

我去杂物间找了把铲子，回到前院。就在雅妮平时进出的那个洞口前，也是我亲手杀死它的地方，我开始挖洞。地面坚如岩石，铲不进去。我使劲儿铲，脖子都被汗水浸湿了，地面却纹丝不动，我没力气了，只好停了下来。我看着坚如岩石的地面，手里拿着铲子。那个地方不属于雅妮。那个地方不可能属于它。

我走到街上，环顾四周。很快，我就在开花的赛波树下找到了一片泥土地。我在树根边挖了一个足够宽的洞。在那里，大马路上，才是一直以来它的家。我挖了很久才挖好那个坑。每一铲都让我心痛。应该没有人注意到我的动静。挖好之后，我去洗衣房找雅妮，我抱起袋子，把它带到外面。我取出它的尸体，小心翼翼地放在洞底，生怕弄疼了它。

我看着它，很久很久。暗淡的皮毛、清晰的骨骼、弯曲的脊背、脚掌上黑色的老茧。我用泥土把它盖得严严实实，一直到我的雅妮消失不见。

我站起身来，抖掉身上的泥土，星星已经暗淡无光。天空的颜色开始变化，从黑色变成了深紫色。我看到山脉从黑暗中探出头来。心想，虽然那座山身处黑夜，虽然我不怎么看它，它依然在那里，实实在在。无论谁看或不看它，它永远在那里，真实不虚。也许，在更深、更真实的黑暗中，我的母亲和雅妮也依旧真实。

我走进屋子，烧水泡茶。那是我离开前的最后一杯茶。就在我给烧水壶通电的那一刻，我听到了一个声音。一种不寻常的声音，是水翻腾的声音。起初我以为水壶坏了。夫人又得买一个新的了。我甚至能听到她说："埃斯特拉，又坏了一个，你那是手还是斧子？"那个声音又传来了，我明白了，是从后花园传来的。

我去了餐厅，什么都没想，你们不觉得奇怪吗？我没有任何预感，当我向窗外望去时才看到：水中央有一个白点。

你们在听吗？那就记下来，这就是你们一直想听的内容。

一开始我犹豫了一下。我一夜没睡，再加上天刚蒙蒙亮，我心想："你累了，又很伤心，没发生什么，不可能发生的。"我告诉自己，小姑娘正睡在她的床上，穿着浅蓝色睡衣，散着辫子。我应该眨了好几次眼睛，好像无法理解眼睛所看到的。一切都像是一个错误，你们在听吗？一个白色的人影浮在水面，头发像泄漏的黑油一样飘舞，脸朝向水底，双臂张开。那一片静止的水面似乎在回望着我。

大概过了几秒钟，也有可能不止几秒。度秒如时。度日如年。我在窗户边一动不动。我承认，我的反应不是最恰当的。我只能愣在那儿思考，并且这个想法一直萦绕在我的头脑里。小姑娘很快就会醒来，我还得给她梳头，说服她吃一个面包，还要穿鞋，如果我跳进水里，如果我沉到游泳池里，我会耽误后面的事情，我就不能给她热牛奶，给她梳辫子，为她父母准备早餐，把杯子和杯子放在一起，把勺子和勺子放在一起，把刀子和刀子放在一起。就这么想着想着，心头一慌。接着，我便看到了她。我看到了小姑娘的尸体脸朝下地漂浮在游泳池里。

我冲了出去，想都没想就跳下去。我就穿着这双鞋、这条裙子、这件上衣，披散着头发，一头扎进了水里。没错，这个照顾了小姑娘 7 年的女人，这个给她换尿布、系鞋带、擦腋窝的女人，这个给她清理粪便的女人，这个陪她玩耍的女人，这个清洁女工，这个不会游泳的保姆，跳进了游泳池。

水把我包裹住，涌进我的嘴巴和鼻孔。我开始扭动，挥舞手臂，在水底睁开眼睛。我看到了影子，还有小姑娘的身影。我溺水了，你们明白吗？我很快就会死掉，双脚除了水什么都摸不到，脚趾间只有水。那一刻很神奇，我感觉不到恐惧。只有无限的寂静将我渐渐包围。我停止挥动手臂，停止抵抗。我感受到了彻底的宁静。我沉溺在寂静中。一切都结束了。周一、周二、周三、周四、周五、周六。肮脏与干净。现实与非现实。

我不知道发生了什么。肯定什么也没发生。我让自己离去，让自己轻轻地死去。然而，我的腿开始动了。我的双臂、双脚拍打着水面。我开始拼命地踢，大脑只有一个念头：

不。

不。

不。

这种冲动究竟从何而来？是什么触发了这种欲望？"不"就是一切，就这一个字。但这足够把我像钩子一样拽到岸边。

我伸出头，抓住水池边，把胳膊撑在鹅卵石上，呼吸着这座城市的空气，这个星球的空气。我开始咳嗽，咳得很厉害。过了一会儿，我才缓过神来，躺在水池边，眼睛睁得大大的，茫然地眨了又眨。一只叫巨隼伸展着翅膀在房子上空盘旋。淡淡的云朵飘过枝头。云朵下、树枝下、飞翔的叫巨隼之下，我，还活着。

我深呼吸了好几次，直到心脏不再撞击我的胸膛。我坐起身，伸出胳膊，抓住小姑娘的衣袖，想把她拉到岸边。很吃力。她腰上的带子卡在了泳池的过滤器里。我只好用力拉扯让它松开，最终，那条粉红色的腰带浮在水面上，就像一个记号。

我使劲把她往上拽，再抓住胳膊把她拖出水面，我把她放在地上。我下意识地给她合上了双眼。把她的裙子整理好搭在腿上，把胳膊放在身体两侧。她穿着那件她深恶痛绝的白色连衣裙，很美。她闭上了眼睛、嘴巴，还有生命，美丽极了。

我看了她很久，似乎在等她醒来。她不会醒来了。那些刻在她脑海中的记忆会随着她一起消逝，也包括我，我是那些记忆中的一个。我不知道当时是什么感受。但这不重要了。我当时的确在想，我会不会想念她的歌声、她在走廊奔跑的身影、她永远愤怒的样子。答案是肯定的，我当然会想念她。答案也是否定的，我绝对不会想念她。

我站起身，从后花园望向那座房子。那座真正的房子，有真正的露台、真正的房间和真正的浴室。就在那时，我面对着那座房子，想起了他们，夫人、先生。我在想，那个男人的脸上会如何浮现这场悲剧，那个女人满目疮痍的脸上会如何刻写这则不幸。

我浑身湿透，穿过庭院，从餐厅走进屋子。我的脚步浸湿了走廊的地毯和悬浮地板，留下了一串深色的脚印，但不用我去擦洗了。我继续往前走，走到他们卧室门前停了一秒，我没怎么犹豫，没敲门就进去了。

夫人仰躺着，牙套上沾染了血渍。先生蜷缩着，像个孩子，几乎没有鼾声。我不知道看了他们多久。我的脚下已经积了一摊水，我突然觉得很冷，又被闹铃吓了一跳。已经是早上 7 点了。他们的一天即将开始。

夫人在桌子上摸索着，关掉了闹钟。她坐起身，揉了揉眼睛，似乎在怀疑它们。我是说，她不相信眼前所看到的，所以才揉了揉，直到我非常清晰地出现在她眼前。

她问发生了什么事。

原话很长，我没听懂。先生被吵醒了。他惊慌地坐起身。他已经知道发生了什么。他看着站在床边的女人，吞了吞口水，开口说道。

"胡利娅。"他说着站了起来。

两个人都不敢再走一步。没有人讲话。这么多年了，他们第一次给我足够的时间组织语言。我静静地站在那里，仿佛那一天有几百万个小时，而我有无限的时间可以讲话。

之前沉默的那段时间，我有很多次都在想，我说出的第一句话会是什么。是新鲜事？还是喜事？要是我永远都不说话了，那些所谓的新鲜事和喜事将安然无恙地留存在内心深处。而奇怪的是，我的第一句话竟如此简单。就好像是一字一字从嘴巴里滑落出来的。简练、饱满又柔和。长久的沉默让声色有些嘶哑，但却道出了真相。

"小姑娘死了。"我说。

我听到了自己的声音。

我不能等着看他们的反应。

我从卧室出来，走到了走廊，又从走廊走到了前院，穿过前院，打开院门，离开了那座房子。

我先是沿着人行道慢慢地走着，踌躇不定，似乎不知道该去哪里。但没多久，我的步伐变得坚定，停不下来。

我穿过马路，直接来到加油站。卡洛斯看到我，举起了手，微笑着。然后，他看到了湿透的衣服，还在滴水的头发，他的手一直举着，似乎僵住了。我感觉他犹豫了一下，一时找不到言语来表达。

"你没事吧？"他说。

他握住我的手，但被我拉开了。他的手很温暖，温暖得让我感觉到了自己的寒冷。我感觉到衣服湿了，感觉到头发上的水滴在了背上，感觉到这双旧鞋里有一双湿漉漉的脚。我看着他心想，他有权知道真相。他也爱过那条狗，虽然他叫的是另一个名字。

"雅妮死了。"我说。

天气开始变得炎热。燥热、压抑，让人无处可逃。我清了清嗓子，又说了一遍。

"我妈也死了，还有小女孩她……"

我顿住了。三人组结束了。

卡洛斯想知道到底发生了什么。我没有回答。原因已经不重要了。车辆一点一点地挤满了街道，在加油站入口处排成了一列。

"我要去南方了。"我突然说。

我喜欢自己的声音。或许，我喜欢的是那些我早该说出来的话。

卡洛斯还是一脸困惑，眼睛直直地盯着我。我心想，我的眼睛里是不是已经有乡村、苹果树、杓鹬、海上暴雨。

一辆汽车按响了喇叭，示意卡洛斯给油箱加油，还想让这个服务员擦一下风挡玻璃，检查一下空调和机油。最后给他点儿小费。卡洛斯挥动着胳膊示意所有车都离开。

我发现他的呼吸有些急促，胸腔充盈着空气。他还活着，我心想，而这个想法也让我振奋起来。卡洛斯又开口了，语气更加坚定。

"我们去市中心。"他说，"现在就走。"

我没明白他指的是哪个中心，什么中心，朝哪里走，但我也没问他。已经没什么可说的了，我要彻底离开这座城市。

我走上人行道，意志坚定地朝大街走去。或许你们已经想到了，不过卡洛斯跟着我一起。我一刻也没有回头，我说过，我不想回头，但他像影子一样跟着我。我没有阻止他，也没有跟他讲话。我只想尽快远离那座房子，远离那间保姆房，远离死去的小姑娘。

我想忘掉他们，明白吗？让他们从我的脑海中彻底消失，但无论我脚步再快，他们依然在那里。那位先生，他的白大褂，衬衫的白色袖口；那位夫人，在镜子前遮挡脸上的第一道皱纹；还有那个小姑娘，一个着急学会走路、说话、给保姆下命令的疯姑娘。那个小姑娘睁着眼睛，沉入泳池；那个小姑娘不该令我爱上她，可我还是爱她。"这就是人啊"，想到这里，我听到了母亲的声音。"这就是人啊"，我自言自语地重复着这句话，它赋予了我力量。

我看到再穿过一个街区就到高速公路了。我说过，那个街区没有公交车，那天也不例外。如果步行是前往汽车站的唯一途径，那我就走过去。我不知道自己走了多久。汽车从耳边呼啸而过，太阳从背后升起，高速路的路肩很窄，十分危险，但我没有犹豫。卡洛斯也没有阻止我。你们去问他，他一直在我身后。我的眼睛始终盯着前方，做好了走到乡下，游过运河的心理准备。离开这里，这就是我想要的。离开这座我本不该来的黄褐色城市。

走了很久很久，高速路驶向了地底。顿时，世界陷入了黑暗和混乱。轰鸣声震耳欲聋。我刚走进隧道，一辆卡车向我鸣笛。我吓了一跳，停了下来。我拖着沉重的衣服和鞋子。隧道里没有空气，只有噪声、黑暗、沥青的油渍。汽车轰隆隆地作响，喇叭声不绝于耳。那一刻我犹豫了，我记得很清楚。你们记下来，我不知道我是否真的在那里，是否还存在于这个世界上，这个世界是不是已经没有我了。估计我已经被汽车撞死了，或者更可怕——我救了那个女孩，把她拖上了岸，而现在，我的尸体浮在水里，脸朝下，围着围裙，而死亡的证据就在隧道里，就在我所处的位置：离入口太远，离出口太远。

出口就在前方，我告诉自己。隧道口越来越大，越来越近，越来越亮。我沿着路肩一直往前走，心里还在想他们现在怎么样了。夫人和先生有没有报警。他们看到女儿的尸体，会不会服下很多药片，然后药片散落满地，他和她倒在了那座房子里。又或者，我离开之后，他们去草坪里找那几颗子弹，夫人举起手枪，朝他们两人的心脏各开了一枪，他们是父亲和母亲，是丈夫和妻子，是男主人和女主人，最终，成为了哑巴。

外面的阳光刺得我睁不开眼，很久才适应过来，同时，现实也一点一点地回归。我注意到豪宅没有了，公园没有了，宽阔的人行道也没有了。我看到的是土地。感受到的是灰尘。还有人，从未见过那么多人。他们走出商店，走出地铁站，走出大楼和办公室。

起初我没觉得意外，我懂什么？我已经走了很多路，工作得太辛苦。我只想尽快赶到车站，于是沿着一条河边小路走去。四周的陌生人，还有突然和我并排走的卡洛斯，都被热浪炙烤着额头。他满头大汗，满脸通红，走在干巴巴的石板路边上。

"你差点就没命了。"他说着，继续和我并排走着。

他旁边走过一个女人，然后另一个女人，另一个男人。这么多人，我心想。每个人都有自己的工作，有自己的时间，有自己的老板。大家似乎要去同一个地方。就在那一刻，我意识到了。所有人都朝着同一个方向前进。

我和卡洛斯走到阿拉米达大街，这才明白发生了什么。估计有成千上万的人，你们需要知道这一点。成千上万的男人和女人，另外还有成千上万的人正在赶来，大家挤满了整个大道。我感觉不到自己的脚步。如果我说话，也不可能听到。它们和其他脚步，和成千上万的声音混合在一起。人山人海，倾城而出的感觉。只有那座房子里还有人，电视里播放着新闻节目。

我们在人群里穿梭，直到再也无法前进。我停了下来，旁边的卡洛斯也停了下来。我仍清楚地记得他的目光，开放、平静。这才是看一个人的方式。

卡洛斯抓住我的胳膊想往前走一点。我不想动，因为腿和脚都疼，但我还是在成千上万的人群里向前走。没过多久，我的眼睛有种刺痛的感觉。眼皮上好像有什么东西，让我看不到远方。我揉了揉眼睛，火辣辣的，脸也发烫。我想一定是太累了，直到我看到一股白色的浓烟窜至我的脚下。

空气变得乌烟瘴气，我不断地眨眼，依稀看到几米外的场景。卡车、制服、头盔、警示灯。讲到这里，你们就比我更熟悉了。接二连三的爆炸声、谩骂声、喊叫声。我的耳膜快被刺破，眼睛被烟雾遮蔽。越来越浓的气体刺激着我的双眼。卡洛斯喊了一句，我没听懂。一切如风驰电掣。我周围的人群开始奔跑，四处逃窜。我也想跑，但恐惧困住了我的双腿。我无法呼吸。我被包围在尖叫声中一动不动。那群穿着制服的人发起了进攻。也许下一个就是我了。我的心脏捶打着胸腔，那是唯一的声音，我的心跳声。突然，出现了一个画面。我没有跑题，相信我，当时真的发生了。母亲正在喝茶，热气弄花了她的眼镜，她看着我，雅妮趴在她的脚边，也看着我，小姑娘在它身边，抚摸着它的头。我的恐惧变得毫无意义。我怕什么，还怕失去什么。

我开始在人群中奔跑，我看到卡洛斯还在我身边。他抓住我的手，拉着我一起跑。人们尖叫、逃跑、蹲在汽车后面。街道已经被切断，枪声，浓烟。在火光中，我看到一条狗在向警察咆哮。其中一名警察走过来，朝着它的头踢了一脚，它便不吱声了，吓得退了回去。我的呼吸急促起来，好像有东西在胸中燃烧。卡洛斯抓住我，直视着我，只说了一个字：

"跑。"

他指了一个角落，我们便冲出了人群。其他的男男女女四处逃避。我们来到了一条小巷子里，几个年轻人正在用木棍撬地上的石砖，然后抓起石砖朝前方跑去。后面有警察。前面也有。我们被包围了，我心想着，垂下了目光。

我看到，石砖下面露出了黑色的土地，还很新，没人踩过。对于那次混乱，黑土地、立于黑土之上义无反顾的卡洛斯，是我记忆中的重大发现。他抓起一块石头，站起身，然后那样看着我，眼里含着泪水，胸前一片黑色的油污。

"这得到什么时候？"他说，也有可能是我以为他这么说的。

　　暴乱声震耳欲聋，我们再次被烟雾包围。我看不见卡洛斯，也不知道他有没有把石头扔出去。热浪翻腾，烈日炎炎，到处是火焰，到处是人。我好渴。究竟过去了多长时间，多少顿早餐，多少顿午餐，多少次清洁，多少次脏乱不堪？我感觉到手指在抽搐，拳头握紧又松开。我弯下腰，也捡起一块石头。没错，我承认，我抓了一块特别大的石头。

　　接下来的感觉我想说明一下。只觉得五脏六腑裂开了一道口子，这里，就在这里。疼痛迫使我停了下来。我知道自己走不了了，去不了车站，也去不了南方了。几分钟后，我会消失在那条路上。我好像被点燃了，你们知道吗？我也在燃烧。接下来，我对自己的心脏做出了最后请求，对双腿提出了最后的指令。

　　我把手举过头顶，飞奔起来，以我前所未有的力量奔跑。石头紧紧地抓在那只手里，那只我平时做饭、洗衣、缝补、熨烫的手，而你们的，则是用来指指点点、评头论足的手。然而那只手已经不再是我的了，它变成了母亲的手，那只饱经风霜的手在沙滩上捡石头，给别的小女孩编辫子，打扫浴室，擦地板，就和我的手一样。现在，我们的掌心正握着大石头，它以一种痛彻心扉的力量从我和母亲的身边飞了出去。

　　我停下脚步，抬头望去。头顶之上，太阳之下，那块石头和其他几百块石头一起飞了出去。我听不到它的坠落声。不可能分辨得出是哪个。我待在原地，身心交瘁，不知何去何从。最后一眼，我看到了山脉。太阳的余晖染红了天空。我感觉脖子后面被重击了一下，然后就什么都不知道了。

醒来的时候我就在这里了。或者说，我是在这个房间里睁开了双眼。我不记得自己怎么来的，也不知道睡了多久。我一定是在梦中，从陡峭的台阶上，一级一级地走下来，越走越黑。一定是在梦中看到了朦胧的乡村，我和母亲在耕地，她的手和我的手都扎在泥土中，直到她告诉我，我该走了，因为我还有更紧急的事情要做。

　　脖子的疼痛，就是后面这里，把我从梦中拉回现实。我记得我当时问你们要水喝，你们应该记得。在口渴难耐，焦急的等待中，我注意到了这里剥落的墙壁、从外面锁住的门，还有这面让你们藏在背后的镜子，我心想，没有人像我一样懂得如何抵抗禁闭。

　　我不知道她是窒息而死，还是腰带阻碍了她游泳，抑或是放任自流，任由自己死去，就像丛林中的那群大象一样。也许，她死于眼前无法承受的未来，就像那棵无花果树一样。这些都不重要了。我不想再谈论她的死。无名的东西可以被遗忘，我不想再提她的名字了。

我讲完了，知道吗？这就是故事的结局。我说过，我不会对你们撒谎，我遵守了诺言。你们也该遵守诺言，放我走了。

我要回南方，即使我的房子已经人去楼空。我要去修理地板和屋顶，种一片新菜园，收获马基莓、苹果、黑莓和醋栗。想睡就睡，想吃就吃。晚上，躺在床上感受雨水的叮咚声。在绵延的大雨中沉沉地睡去，一直到天亮。

现在，我请你们从椅子上站起来。好的，这是我最后一次同你们讲话。

站起来，找到钥匙把门打开。

这是命令，没错，一条来自保姆的命令。

我已经讲完了。我的故事到此结束。

从现在起，你们不能说你们不知道，没看见，没听见，不知道真相。

起来吧，我等得够久了。

我在这里，里面。门没开。

我听不到你们，我需要你们开门。

喂？

能听见我说话吗？

有人在吗？

（京权）图字：01-2024-3208

图书在版编目（CIP）数据

清洁／（智利）阿莉雅·特拉武科·泽兰著；牟馨玉译.
-- 北京：作家出版社，2024.10. -- ISBN 978 - 7 - 5212 - 2950 - 9

Ⅰ. I784.45

中国国家版本馆 CIP 数据核字第 202475MP27 号

中国外国文学学会
西班牙葡萄牙语
文学研究分会
HISPANIC & PORTUGUESE
LITERARY STUDIES ASSOCIATION

新拉丁美洲文学丛书·当代

清　洁

作　　者：	（智利）阿莉雅·特拉武科·泽兰
译　　者：	牟馨玉
责任编辑：	赵　超
封面设计：	吴元瑛

出版发行：作家出版社有限公司
社　　址：北京农展馆南里 10 号　　　邮　　编：100125
电话传真：86 - 10 - 65067186（发行中心）
　　　　　86 - 10 - 65004079（总编室）
E - mail: zuojia@zuojia. net. cn
http: // www. zuojiachubanshe. com
印　　刷：河北京平诚乾印刷有限公司
成品尺寸：130×185
字　　数：130 千
印　　张：8
版　　次：2024 年 10 月第 1 版
印　　次：2024 年 10 月第 1 次印刷
ISBN　978 - 7 - 5212 - 2950 - 9
定　　价：58.00 元